Arto Paasilinna
Heißes Blut, kalte Nerven

Weitere Titel des Autors:

Der heulende Müller

Das Jahr des Hasen

Die Giftköchin

Die Rache des glücklichen Mannes

Vorstandssitzung im Paradies

Der Sohn des Donnergottes

Im Wald der gehenkten Füchse

Der Sommer der lachenden Kühe

Der wunderbare Massenselbstmord
(auch als Audio erschienen)

Zehn zärtliche Kratzbürsten

Nördlich des Weltuntergangs

Im Jenseits ist die Hölle los (auch als Audio erschienen)

Ein Bär im Betstuhl

Der liebe Gott macht blau (auch als Audio erschienen)

Ein Elefant im Mückenland

Adams Pech, die Welt zu retten
(auch als Audio erschienen)

Vom Himmel in die Traufe (auch als Audio erschienen)

Schutzengel mit ohne Flügel (auch als Audio erschienen)

Die wundersame Reise einer finnischen Gebetsmühle
(auch als Audio erschienen)

Der Mann mit den schönen Füßen
(auch als Audio erschienen)

Titel in der Regel auch als E-Book erhältlich

Arto Paasilinna

Heißes Blut,
kalte Nerven

Roman

Übersetzung aus dem Finnischen von
Regine Pirschel

Ehrenwirth

Dieser Titel ist auch E-Book erschienen

Titel der finnischen Originalausgabe:
»Kylmät hermot, kuuma veri«

Für die Originalausgabe:
Copyright © 2006 by Arto Paasilinna
Published by arrangement with WSOY, Helsinki

Für die deutschsprachige Ausgabe:
Copyright © 2015 by Bastei Lübbe AG, Köln
Textredaktion: Anja Lademacher, Bonn
Umschlaggestaltung: FAVORITBÜRO, München
Einband-/Umschlagmotiv: © shutterstock.com/pio3/gigello
Satz: Dörlemann Satz, Lemförde
Gesetzt aus der DTL Documenta
Druck und Einband: CPI books GmbH, Leck – Germany

Printed in Germany
ISBN 978-3-431-03923-8

5 4 3 2 1

Sie finden uns im Internet unter: www.luebbe.de
Bitte beachten Sie auch: www.lesejury.de

Ein verlagsneues Buch kostet in Deutschland und Österreich jeweils überall dasselbe.
Damit die kulturelle Vielfalt erhalten und für die Leser bezahlbar bleibt, gibt es die *gesetzliche Buchpreisbindung*. Ob im Internet, in der Großbuchhandlung, beim lokalen Buchhändler, im Dorf oder in der Großstadt – überall bekommen Sie Ihre verlagsneuen Bücher zum selben Preis.

Vorwort

In »Heißes Blut, kalte Nerven« verfolgen wir das Leben des wackeren Antti Kokkoluoto, Sohn eines Kaufmanns. Geboren im Jahre 1918, nur einen Monat nach der Gründung des selbstständigen Staates Finnland, beginnt seine Lebensreise durch die Wechselfälle der finnischen Geschichte. Da diese dem deutschen Leser nicht immer so gut vertraut sein mögen, hier ein paar kurze Anmerkungen:

Als Antti Kokkoluoto, der Held dieses Buches, das Licht der Welt erblickte, war der selbstständige Staat Finnland ebenfalls sehr jung und gerade erst aus der Wiege gehoben worden. Gerade mal einen Monat war es her, dass Finnland am 6. Dezember 1917 seine Unabhängigkeit erklärt hatte. Bis dahin hatte es als autonomes Großfürstentum zu Russland gehört, von dem es sich nach der Oktoberrevolution losgesagt hatte.

Und dennoch hatten die bolschewistischen Ideen in Finnland längst Einzug gehalten, die Kluft zwischen Rechten und Linken in der Bevölkerung wuchs. Ende Januar 1918 erhoben sich der radikale Flügel der Linken und die Roten Garden. Es kam zum Bürgerkrieg, der bereits Mitte Mai 1918 mit einem Sieg der Regierungstruppen unter General Mannerheim beendet wurde. Der Staat stabilisierte sich,

Gesetze wurden erlassen – unter anderem das viel ge-schmähte Prohibitionsgesetz, das von 1919 bis 1932 in Kraft war und dem Schmuggel Tür und Tor öffnete. Die soge-nannte »Lapua-Bewegung«, die sich den italienischen Faschismus zum Vorbild nahm, erwirkte 1930 das soge-nannte »Kommunistengesetz«. Ein Putschversuch der »La-pua-Bewegung« wurde jedoch dann von Regierungstrup-pen niedergeschlagen.

Unstimmigkeiten bei Gebietsforderungen führten dazu, dass die Sowjetunion den bestehenden bilateralen Nicht-angriffspakt mit Finnland aufkündigte und das Land im November 1939 angriff. Dieser »Winterkrieg« endete schließlich nach drei blutigen Monaten im März 1940.

Finnland suchte in der Folge Sicherheit an der Seite des faschistischen Deutschlands und geriet dadurch erneut in den Strudel des Krieges. Russische Bombenangriffe auf finnische Städte führten zum »Fortsetzungskrieg«, der erst 1944 mit einem Waffenstillstand endete. Finnland verlor dabei Gebiete an die Sowjetunion, z.B. das Petsamo-Ge-biet am nördlichen Polarmeer. Tausende Flüchtlinge sie-delten nach Finnland über.

Bemerkenswert war die Rolle der Frauenhilfstruppe »Lotta-Svärd« während des Krieges. Die »Lottas« agierten auch an der vordersten Linie und sorgten für Verpflegung und Krankenbetreuung.

Im Pariser Frieden 1947 wurde Finnland zu Reparationszah-lungen an die Sowjetunion verpflichtet, die hauptsächlich mit Produkten der Metallindustrie abgegolten wurden.

Der finnische Staatspräsident Paasikivi, 1946 ins Amt ge-wählt, bemühte sich um den Ausbau vertrauensvoller Be-ziehungen zur Sowjetunion. 1948 wurde zwischen beiden

Ländern ein Vertrag über Freundschaft, Zusammenarbeit und gegenseitigen Beistand abgeschlossen.

Der spätere Staatspräsident Kekkonen erlangte durch seine aktive Neutralitätspolitik weltweite Anerkennung. Seit 1995 ist Finnland Mitglied der EU.

Regine Pirschel

1 Der Traum der Hexe

Es geht hoch her, wenn eine Hexe auf dem stürmischen Meer in Trance fällt. Die Möwen werfen sich gegen die Wellen, und die Seeschwalben weinen.

Die Fischerin, Geburtshelferin und Wahrsagerin Linnea Lindeman ruderte an einem windigen Herbsttag des Jahres 1917 durch den Bottnischen Meerbusen, um nach ihren Reusen zu sehen. Sie besaß ein dreißig Fuß langes Robbenboot und drei Reusen. Ihr Fangplatz befand sich sechs Meilen nördlich des Hafens Ykspihlaja. Linnea war früh am Morgen hinausgefahren, und im Laufe des Tages hatte der Wind an Stärke zugelegt. Aber Linnea hatte keine Angst vor schwerer See, sie mochte die kräftigen Herbststürme. Auf der Heimfahrt zog sie die Ruder ein und ließ sich vom Rückenwind auf den Schaumkronen zum heimischen Anlegesteg treiben.

Linnea Lindemans sehniger Körper begann zu beben. Sie schloss die Augen und nahm Kontakt zu den fremden Gefilden jenseits des realen Lebens auf. Ihr Geist schweifte über das seltsame Meer der übersinnlichen Welt wie das Licht eines Leuchtturms und empfing aus den unendlichen Höhen des Himmels eine deutliche Botschaft. Die Nachricht schoss aus den Sturmwolken herab wie ein zweiköpfiger Seeadler, ein Aar, und sie enthielt zwei präzise Daten. Linnea würde am achten Tag im Januar einem Knaben auf die Welt helfen, und dieser würde erst im Sommer 1990 sterben. Denn wenn eine Hexe schläft, bleibt ihr Gehirn wach.

Linnea Lindeman wohnte im Dorf Ykspihlaja, dem Außenhafen von Kokkola. Ihr Haus befand sich in guter Lage, fast am Meeresufer. Hinter ein paar herrschaftlichen Villen war die Hafenbucht Potti zu sehen, wo auch Linneas Boot lag. Nach Norden hin gab es ein paar Wohnviertel, ein neu erbautes Gewerkschaftshaus und dahinter einen kleinen Süßwassersee. Linnea war um die fünfzig und bereits verwitwet. Normalerweise saß ihre Freundin Hanna mit im Boot, und sie ruderten gemeinsam.

Hanna wohnte in der Stadt Kokkola und war mit dem Kaufmann Tuomas Kokkoluoto verheiratet. Vor ihrer Heirat, und auch noch einige Jahre danach, hatte sie als Lehrerin in Ykspihlaja gearbeitet, aber als dann ihre Kinder geboren wurden, hatte sie sich entschieden, zu Hause zu bleiben. Gerade jetzt war sie erneut schwanger und rechnete mit der Geburt noch vor Weihnachten, spätestens aber im Januar. Die Eheleute hatten bereits fünf Kinder, zwei Söhne und drei Töchter. Und von einer Frau, die im siebenten Monat schwanger war, konnte man nicht erwarten, dass sie ein schweres Robbenboot ruderte.

Unten im Boot zappelten Unmengen großer Fische, fast hundert Kilo hatte Linnea aus den drei Reusen geholt. Sie plante, einen Teil ihrer Beute als Wintervorrat einzusalzen. Den Rest konnte sie in Kokkola auf dem Markt verkaufen, oder Hanna würde das tun, denn mit Fischen konnte sie durchaus noch handeln, auch wenn sie in zwei Monaten ihr Kind bekommen würde.

Linnea lenkte ihr Boot zügig in Richtung Potti. Hannas nächstes Kind würde ein Junge sein, so viel wusste die Wahrsagerin jetzt, denn eben über jenes Baby hatte sie vorhin Informationen eingeholt. Ein gesundes Kerlchen, aus dem ein guter Fischer, zumindest aber ein tüchtiger Kaufmann werden würde. Linnea begann auszurechnen, in welchem Alter Hannas Sohn sterben würde. Jedenfalls würde er älter als siebzig werden. Sie musste unbedingt sofort an den Telefonapparat eilen und Hanna von all diesen guten Voraussagen erzählen. Linnea hatte sich das Geburtsdatum genau eingeprägt. Anfang Januar sollte es geschehen, genau am achten Tag des Monats. Auch den Todestag hatte sie deutlich gesehen, und auch dass es ein heißer Sommertag sein würde, an dem ein stattlicher alter Herr als jovialer Gastgeber an einer langen, vornehmen Festtafel präsidierte.

Linnea Lindeman ließ ihren Kahn in die Hafenbucht treiben, machte ihn am Steg fest und packte ihren Fang in Spankörbe. Sie holte den Handwagen aus ihrem Haus und schaffte die Fische in den Keller. Als die Arbeit erledigt war, wusch sie sich die Hände und eilte zur schmucken Villa der Hurskainens, ihrer Nachbarn, wo sie umgehend eingelassen wurde, nachdem sie an die Küchentür geklopft hatte. In der Küche stellte sie eine Metze frischen Fisch auf den Spültisch und bat Hurskainens Magd Sonja, bei Kaufmann Tuomas Kokkoluoto und seiner Frau Hanna anzurufen – sie habe ein dringendes Anliegen. Die Magd verschwand im Salon und kam mit der Mitteilung zurück, dass sich beim Kaufmann momentan niemand melde. Vielleicht sollte man es in einer Stunde erneut versuchen. Während der Wartezeit könnten sie Kaffee trinken, zumal der Hausherr nicht anwesend war. Hurskainen, Oberingenieur im Sägewerk von Ykspihlaja, war nach Vaasa gereist, wo sich große Dinge taten.

Die Zeiten waren unruhig. Auch im Außenhafen von Kokkola waren im Verlaufe des Herbstes mehrmals Streiks aufgeflammt. Gerade waren die Arbeiter dabei, eine Abteilung roter Kämpfer zum Schutz von Hafen und Stadt zu bilden. In Helsinki und Tampere existierten bereits solche Garden. Und es ging das Gerücht, dass Tausende Jäger von ihrer Ausbildung aus Deutschland heimkehrten. Sie wurden per Schiff in Vaasa erwartet und sollten den im Land verstreuten russischen Truppen den Garaus machen. Wie es hieß, sollte anschließend eine eigene Weiße Armee im gerade erst unabhängig gewordenen Finnland gebildet werden. Auf allen Seiten rüstete man sich für den Krieg, und überall schien er gewollt.

Sonja nahm die Fische aus, anschließend servierte sie auf dem Küchentisch Kaffee und sogar Gebäck. Linnea kannte das Mädchen näher, hatte ihr ein gutes Leben vorausgesagt, wenngleich Sonjas Schicksal in Wahrheit nicht sehr rosig ausfallen würde. Das behielt Linnea allerdings lieber für sich. Nach einer Stunde rief die Magd erneut in der Stadt an. Noch immer keine Antwort. Womöglich war die Leitung gestört, auch die Leute vom Fernmeldedienst hatten in letzter Zeit gestreikt.

Obwohl die beiden Frauen in der großen Villa allein waren, senkte Sonja die Stimme. Könnte Linnea wohl einmal mit dem Blick der Wahrsagerin schauen, welchen Mann das Schicksal für sie bereithielt? An interessierten Kandidaten fehlte es nicht, aber wie sollte ein unerfahrenes Mädchen wissen, wen sie wählen, mit wem sie ihr Leben teilen sollte.

Linnea überlegte sich ihre Worte genau. In einer so wichtigen Angelegenheit galt es klug zu handeln. Sie schloss die Augen und begann von Sonjas künftigem Ehemann zu erzählen. Groß, dunkelhaarig, aus Kemi stammend, ein Seemann, der mit Holzwaren bis nach Deutschland und England unterwegs war. Noch jung, knapp über zwanzig.

»Hinkt ein wenig, ist aber sonst wacker und von gutem Charakter.«

»Ist er ein Saufbold?«, fragte das Mädchen gespannt.

»Trinkt nicht und spielt keine Karten, ist aber auch nicht religiös.«

Sonja wollte den Namen ihres unbekannten Bräutigams wissen, aber Linnea sagte, dass sie solch genaue Details nicht weissagen konnte, wenn es die Partnerwahl betraf. Wie der Mann hieß, würde sich zu gegebener Zeit herausstellen. In diesen Dingen sollte man nichts übereilen.

»Er trägt Stiefelhosen und gute Stiefel, dazu eine grüne Jacke. Ein tüchtiger Arbeiter und treuer Ehemann, wenn er dich erst mal gefunden hat. Ihr bekommt sechs Kinder, und Witwe wirst du erst, wenn du in meinem Alter bist.«

Linnea konnte es nicht lassen, der kleinen Närrin immer neue interessante Eigenschaften ihres Bräutigams aufzutischen. Sie erwähnte, dass er eine prächtige Nase hatte, unter der er einen dichten Schnauzbart trug. Im Sommer lief er gern wie ein feiner Herr mit einem Strohhut herum. Er besaß ein Akkordeon, auch wenn er es nicht sehr gut spielte.

Glücklich lief Sonja ein weiteres Mal in den Salon, um die Telefonkurbel zu drehen. Diesmal meldete sich der Kaufmann. Tuomas Kokkoluoto war ein mittelgroßer, adretter Mann mit einem energischen Auftreten – ruhige Stimme, aufmerksamer Blick. Er trug einen grauen Anzug und eine Fliege in der gleichen Farbe, dazu blank geputzte Stiefel.

Sonja bat ihn, seine Gattin an den Apparat zu rufen, Linnea Lindeman aus Ykspihlaja habe ein furchtbar wichtiges Anliegen. Tuomas stieg in die Privatwohnung hinauf, die sich im Obergeschoss des Kaufmannshauses befand, um seine Frau zu holen. Er betrachtete die Szenerie, die sich ihm bot, Hanna spielte in der Küche mit den Kindern Blindekuh, alle krochen auf den Knien herum und lachten sich fast tot.

»Schluss jetzt, du hast einen Anruf von diesem Hexenweib«, knurrte er mit gespielter Gereiztheit, aber alle wussten, dass er in Wirklichkeit keineswegs wütend war. Er half seiner Frau vom Fußboden hoch und drückte sie bei der Gelegenheit an sich. Hanna war trotz ihrer Schwangerschaft erstaunlich schön. Die Grübchen auf den Wangen und die weißen Zähne verliehen ihrem Gesicht einen besonderen Reiz. Ihre Stimme war warm und klang irgendwie klug. Und klug war Hanna tatsächlich, und lustig war sie auch.

Linnea meldete sich aufgeregt:

»Hier ist Linnea, ich habe gute Nachrichten! Als ich von den Reusen zurückfuhr träumte ich, dass dein Baby am achten Januar geboren wird, und es ist ein Junge!«

Linnea wolle sich jedoch über so wichtige Dinge nicht gern am Telefon auslassen, wenn also Tuomas keine Einwände habe, würde sie mit dem Morgenzug in die Stadt kommen, um Fische für den Verkauf zu bringen und Hanna bei der Gelegenheit mehr von ihrem Baby zu erzählen.

Am nächsten Morgen keuchte um acht Uhr ein Zug aus Richtung Hafen in den Bahnhof von Ykspihlaja, der nur einen einzigen Personenwagen und fünf Güterwagen mit sich führte. Linnea stand mit ihrem Fischkorb rechtzeitig auf dem Perron. Es war ein klarer Herbstmorgen, der Sturm vom Vortag hatte sich gelegt, die Sonne ging gerade auf und vom Meer her wehte ein kühler, salziger Wind. Die Lok fauchte Dampf auf den Bahnsteig, der irgendwie aufregend roch, er war warm und feucht und kündete von ruhiger Kraft.

Der Schaffner erklärte Linnea, wie jedes Mal, dass man im Personenwagen keine stinkenden Fische mit sich führen durfte, sie mussten im Güterwagen transportiert werden. Linnea steckte ihm einen drei Kilo schweren Hecht zu, den sie filetiert und säuberlich in einer Schale aus Birkenrinde verpackt hatte. Er nickte zufrieden und geleitete die Wahrsagerin zu einer Sitzbank, trug sogar ihren Fischkorb und stellte ihn im Eingangsbereich des Waggons ab. So hatten sie es bisher stets gehalten, und eine Fahrkarte brauchte Linnea auch nicht vorzuweisen.

Von Ykspihlaja bis zum Bahnhof Kokkola waren es nur sieben Kilometer. Linnea schloss die Augen und versuchte über Frauenangelegenheiten nachzudenken, über Hanna und den Knaben, den sie bald gebären würde, und über die Partnerwahl von Hurskainens Magd. Sie konnte jedoch keine geistige Verbindung herstellen, und bald pfiff die Lok zum Zeichen, dass der Zielbahnhof erreicht war.

Hurskainens Magd Sonja heiratete im drauffolgenden Sommer tatsächlich einen jungen Seemann aus Kemi. Er hinkte leicht, hatte die von Linnea beschriebenen Gesichtszüge einschließlich des Oberlippenbartes, er versuchte sich auf dem Akkordeon, ja er besaß sogar einen Strohhut. Aber charakterlich taugte er nichts, bei der Arbeit war er träge, zu Hause unglaublich eifersüchtig und brutal, und seine junge Ehefrau verprügelte er im Suff. Die Familie lebte in Armut, die Kinder kränkelten, das Heim war in jeder Hinsicht elend. Zum Glück fiel der Mann schon in der zweiten Woche des Winterkrieges bei den Abwehrkämpfen von Suomussalmi.

2   In Kokkoluotos Kaufmannsladen

Der Gemischtwarenladen der Kokkoluotos war klein und gemütlich, der Verkaufstresen höchstens drei Meter lang. Durch das sechsteilige Fenster blickte man auf den Marktplatz der Stadt und zwei einmündende Straßen. Neben der Eingangstür stand eine Bank, unter dem Fenster eine zweite, mehr Mobiliar war nicht vorhanden. In den Regalen hinter dem Kaufmann standen ordentlich aufgereiht Zuckerdosen, Tüten mit Mehl, Graupen und weiteren Lebensmitteln, auf der anderen Seite lagerten Pferdegeschirr, Lederstiefel, eine Auswahl an Werkzeug sowie eine Kiste mit Nägeln. Auf dem Tresen lag ein Stapel graues Einwickelpapier, daneben standen eine Waage mit einer Reihe unterschiedlicher Gewichte sowie eine zweite, extra große Waage mit Laufgewicht und Lasthaken.

Hinter dem Laden gab es einen größeren Raum, der als Lager und Kontor diente, und im Obergeschoss des Hauses befanden sich zwei Wohnräume, aus denen die Stimmen spielender Kinder und das Trappeln kleiner Füße zu hören waren. Im Hinterhof des Gebäudes lagen ein Nebenlager des Ladens sowie ein Stall, in dem der Kaufmann sein Pferd und ein paar Schafe hielt. Kutsche und Schlitten standen im Lager zusammen mit ein paar Fässern zur Aufbewahrung von Nahrungsmitteln, zum Beispiel gesalzenem Fleisch und Lachs, und einigen Mehlsäcken, die zum Schutz vor Ratten an die Deckenbalken gehängt worden waren.

Der Laden war bereits geöffnet, als Linnea ihn mit ihrem Fischkorb ansteuerte. Trotz der frühen Stunde hatte sich dort bereits ein Dutzend streikender Hafenarbeiter aus Ykspihlaja eingefunden. Sie saßen in Kokkoluotos Laden, in dem man gut die Zeit totschlagen und all die Probleme bereden konnte, die momentan die Nation bewegten. Natürlich gab es auch daheim in Ykspihlaja Läden, einer befand sich sogar unmittelbar am Meeresufer und ein zweiter im Hafen. Aber in den Zeiten des Streiks wollten die Männer wenigstens ab und zu in die Stadt fahren, um Neuigkeiten zu erfahren oder einfach ein bisschen herumzustreunen.

Die Männer sprachen begeistert von der neuen feuerroten Ära und der Machtübernahme der unterdrückten Arbeiter, die nur noch eine Frage der Zeit und der Kraft war.

Hanna und Linnea amüsierten sich über die kriegerischen Pläne. Hanna äußerte denn auch halblaut, dass die Männer besser daran täten, sich auf dem nächsten Schiff als Decksleute zu verdingen und in ruhigere Länder auszuwandern – etwa ins ferne Afrika oder nach Amerika, wo man keine Kriege mehr fürchten musste. Dorthin, wo man über Tausende von Jahren hinweg fortwährend Kriege geführt hatte, die inzwischen wegen des enormen Kräfteverschleißes abgeebbt waren.

Die Männer merkten, dass Hanna sie für naive und ungebildete Tölpel hielt, mochten ihr aber, in Anwesenheit des Hausherren und der Wahrsagerin, nicht zürnen. Außerdem war Hanna verwirrend schön.

Der Kaufmann erkundigte sich bei den Männern, ob sie gekommen waren, um etwas zu kaufen oder ob sie nur im warmen Laden herumsitzen und die eigentlichen Kunden vom Kaufen abhalten wollten. Sie gestanden, dass sie kein Geld hatten, aber wenn möglich würden sie gern ein paar Brote und gesalzenen Fisch mitnehmen und die Ware bezahlen, sobald der Streik beendet wäre.

Kokkoluoto wickelte ihnen drei Brotlaibe ein und packte ein Kilo gesalzene Maränen fest in Papier. Mit dieser Beute verließen die Männer den Laden. Draußen vor der Tür schnitten sie sich mit ihren Dolchen Brotscheiben ab und aßen mit den Fingern Maränen dazu. Sie waren sehr hungrig. An dem dämmerigen Herbstmorgen und in ihren grauen Jacken wirkten sie wie eine Schar Seeadler über dem Aas. Sie waren beseelt von dem Glauben, dass bald eine Zeit anbrechen würde, da sie nicht mehr ums Essen betteln müssten.

Schnell waren das Brot und die Fische verzehrt. Die Männer leckten ihre Dolche ab, steckten sie in die Scheide und machten sich auf den Heimweg.

Nach einer Weile klopfte es an der Tür. Herein trat, misstrauisch um sich blickend, Oskari Pihlaja, Oberlehrer und ein Bekannter Hannas aus ihrer Zeit im Schuldienst.

»Sind sie weg?«

Der grauhaarige Lehrer wusste natürlich ganz genau, dass die Männer in den kalten Herbstmorgen hinausgegangen waren. Er hatte beobachtet, dass sie wie streunende Hunde auf der Straße gegessen und sich dabei erdreistet hatten, laut über den Kaufmann zu lachen, der so dumm war, kostenlos Nahrungsmittel zu verteilen, so berichtete er jetzt.

Hanna sagte ihm, dass die Männer versprochen hatten, die Ware zu bezahlen und dass sie sehr hungrig gewesen waren.

Der Lehrer fand, dass das Pack daheim bleiben oder zur Arbeit gehen, sich aber jedenfalls nicht in der Stadt herumtreiben sollte. Die ganze Nation litt derzeit Mangel, da war es nicht richtig, die Schiffe unnötig im Hafen liegen zu lassen. Er musterte mit vielsagendem Blick den dicken Bauch seiner ehemaligen Kollegin, der von einer nahenden Geburt kündete. Man müsse an die kommenden Generationen denken, meinte der Lehrer. Man erlebe gerade nationale Schicksalszeiten. Noch vor wenigen Jahren waren die Finnen gedemütigte Untertanen Russlands gewesen, und jetzt waren die schlimmsten Roten dabei, all das Gute zu zerstören, das man unter großen Opfern erreicht hatte. Gegen den Zaren hatte man sich jedenfalls nicht mit passivem Widerstand begnügen können, da war schon Gewalt nötig gewesen.

Der Lehrer erging sich jetzt in Erinnerungen an eine Feier der ostbottnischen Studenten im Porthania-Saal der Helsinkier Universität, die vor einigen Jahren stattgefunden hatte. Er hatte selbst als Vertreter Kokkolas teilgenommen, und die Festrede Kaarlo Kallialas hatte ihn tief beeindruckt. Magister Kalliala hatte ehrende Worte für die Heldentaten der älteren Generationen gefunden und dabei die Hand um ein altes Schwert gelegt, das dem ostbottnischen Studenten während des Großen Unfriedens als Waffe gegen den Erbfeind gedient hatte.

»Ungeachtet zahlreicher Fürsprecher war der unblutige Widerstand zum Scheitern verurteilt«, sagte Oskari Pihlaja.

Hanna und Linnea meinten, dass der Herr Lehrer ja in einer sehr poetischen Stimmung sei. Doch diese Bemerkung löschte das Feuer in der Seele des Mannes nicht, sondern er fuhr vielmehr fort:

»Die heutige Jugend betrachte ich als eine Generation, die unverdorben ist und sich leidenschaftlich der Sache des Vaterlandes verschrieben hat. Ihr werdet es noch erleben: Die gesunde finnische Jugend wird mit geladenen Waffen vortreten, als Jäger, die im kultivierten Deutschland gelernt haben und das Gelernte an das ganze Volk weitergeben. Dann ist endlich die Zeit gekommen, dieses rote Pack in die Schranken zu weisen, das immer noch die ehrenvolle Zukunft des hehren Finnland gefährdet.«

»Amen«, beschloss Hanna den Wortschwall des Lehrers.

»Ja, genau! Amen und noch tausendmal Amen!«

Der Laden füllte sich mit Kunden. Hanna und Linnea nahmen den Fischkorb und gingen auf den Markt. Jetzt hatte Linnea Gelegenheit, von ihrem hellsichtigen Traum zu erzählen. Sie beschrieb den kleinen Jungen, seine Bewegungen, die Patschhändchen und die blauen Augen. Dann erzählte sie, dass sie denselben Jungen als Erwachsenen gesehen hatte, oder eigentlich schon als alten Mann, und zwar auf einem prächtigen Fest. Sie hatte sich sein Todesjahr und die Jahreszeit gemerkt. Hanna errechnete, dass ihr Kind älter als siebzig werden würde, sofern auf Linneas seltsame Prophezeiung Verlass wäre.

»Zweifelst du daran? Ich habe bisher noch nie Scheinvisionen gehabt, und dieser Traum war ganz besonders deutlich, auch die Daten – wie direkt vom Kalender abgelesen.«

Hanna beteuerte, dass sie auf die Klarheit von Linneas

Vision vertraue, schließlich wäre es ja nur gut, wenn das Kind gesund zur Welt kommen und lange leben würde.

Auf dem Markt angelangt, breiteten die beiden Frauen ihre Fische in der Bude eines alten Bekannten, des Fischhändlers Hans Tallbacka, aus. Linnea hatte selbst auch eine Verkaufserlaubnis, und sie besaß einen großen Klapptisch, aber sie mochte das Ungetüm nicht extra aus dem Lager der Markthalle holen, wo sie doch nur einen einzigen Korb mit Ware hatte. Bis zum Mittag waren die Fische verkauft, und die Frauen verließen den Markt. Hanna ging nach Hause und Linnea zum Bahnhof, um auf den Nachmittagszug zu warten. Beiden bescherte der Gedanke, dass der Junge, dessen Geburt bevorstand, gesund sein und lange leben würde, ein gutes Gefühl, und zwar ganz ungeachtet der Tatsache, dass das ganze Land in einem Strudel blutiger Kämpfe zu versinken drohte.

3 Der Junge wird geboren

Am Morgen des ersten Dienstags nach Neujahr herrschte strenger Frost, und der Wind blies aus Nordwest. Auf dem Marktplatz von Kokkola versammelten sich Männer des Schutzkorps in grauen Uniformen und mit weißen Armbinden. Sie teilten sich in Dreiergruppen auf und begannen damit, die Stadt Viertel für Viertel und Haus für Haus zu durchkämmen. Sie suchten nach Waffen und revolutionärer Literatur. Die erste Gruppe nahm sich das Kaufmannshaus der Kokkoluotos vor, bald nachdem der Laden geöffnet hatte. Angeführt wurde sie von Lehrer Oskari Pihlaja. Doch dieses Mal klopfte er nicht erst an die Tür, und er verzichtete auch auf Höflichkeitsfloskeln, verlangte vielmehr Zutritt zu sämtlichen Räumen des Hauses wie auch zum Stall- und zum Lagergebäude im Hinterhof.

»Unerlaubte Waffen werden konfisziert, und falls Sie Widerstand leisten, werden Sie gnadenlos zur Verantwortung gezogen.«

Hanna sah ihren einstigen Kollegen scharf an.

»Quatsch! Verzieh dich, mach dass du fortkommst aus diesem Haus.«

Doch die hochschwangere schöne Frau fand kein Gehör, die Männer begannen mit einer gründlichen Hausdurchsuchung, fanden allerdings nichts weiter als das Fleischerbeil.

Oder doch, an der Wand des Lagerraumes hing ein Robbengewehr mit langem Lauf. Kaufmann Tuomas Kokkoluoto nahm das Gewehr herunter und erklärte, dass er es nicht hergeben werde. Im Spätwinter werde es sicher wieder eine gute Robbenzeit geben. Und als Familienvater könne er es sich nicht leisten, das teure Gewehr abzugeben, wozu er auch gar nicht verpflichtet sei.

Es handelte sich um ein schweres Gewehr vom Typ Lebel modèle, ursprünglich österreichischer Bauart. Ende des neunzehnten Jahrhunderts war es im Besitz der französischen Armee gewesen, und weil es auf der langen Distanz außerordentlich präzise war, eignete es sich gut zur Robbenjagd. Tuomas' Vater hatte es seinerzeit auf einer Auktion erworben. Mit dem Gewehr waren angeblich im Krieg gegen die Türkei tausend Mann getötet worden, auch wenn das wohl kaum stimmen konnte, da es immer noch fast wie neu war. Tuomas angelte sich von einem Wandbord mehrere Acht-Millimeter-Patronen und lud das Magazin der Lebel, dann spannte er das Gewehr und forderte die Kontrolleure auf, sein Haus zu verlassen. Sie erbleichten und eilten hinaus. Der Kaufmann folgte ihnen bis vor die Tür und feuerte einen Schuss ab. Das dumpfe Dröhnen machte den uniformierten Schutzkorpsmitgliedern Beine, und auch die anderen Gruppen entschieden, dass die Hausdurchsuchungen für dieses Mal erfolgreich abgeschlossen wären. Aber sie würden im Bedarfsfall darauf zurückkommen, schworen sie beim Aufbruch.

Gegen Abend, als sich bereits die Dunkelheit über die Stadt gesenkt hatte, sagte Hanna zu ihrem Mann, dass sie nun das Gefühl habe, das Kind werde kommen. Das Pferd müsse angespannt werden, damit sie nach Ykspihlaja in die

Obhut von Linnea Lindeman käme. Schon bald könnte das Fruchtwasser austreten. Ihr Mann rief bei den Hurskainens an und bat Sonja, der Hebamme eine entsprechende Nachricht zu überbringen.

Obwohl die Kokkoluotos bereits das sechste Kind bekamen, war Tuomas dennoch nervös. Sofort eilte er in den Stall, wo alles bereitstand. Das Zaumzeug schnell um den Hals des Gauls gelegt, und rasch hinaus mit dem Schlitten, der dick mit Heu und vielen Decken gepolstert war. Rasch das Pferd namens Schnaps angespannt, und dann die Gattin geholt. Auch ein großer Spankorb wurde eingepackt, in dem Hanna beizeiten alles Notwendige bereitgelegt hatte, wie etwa Handtücher und Windeln für das Kind. Tuomas lenkte das Gefährt auf die Straße und straffte die Zügel. Das Schlittenglöckchen begann zu klingeln, als Schnaps lostrabte.

»Soll ich ihn antreiben?«, fragte Tuomas.

»Immer mit der Ruhe, so eilig ist es noch nicht«, beruhigte ihn seine Frau.

Im städtischen Krankenhaus von Kokkola hätte es Ärzte und eine Hebamme gegeben, aber Hanna hatte es sich zur Gewohnheit gemacht, bei der vertrauten und verlässlichen Geburtshelferin zu entbinden. Sie wollte ihr Kind nicht in einem zugigen und öden städtischen Krankenzimmer unter den groben Händen der dortigen Hebamme zur Welt bringen. Sie war nicht mäklig, aber die Geburtshelferin Linnea Lindeman war kompetenter und hatte bessere Instrumente als das städtische Klinikum.

»Fischerin und Hexe«, knurrte ihr Mann.

»Ein kluger Mensch und gut in Form, obwohl sie schon über fünfzig und Witwe ist«, erwiderte Hanna.

Die Landstraße nach Ykspihlaja war vom Schnee freige-
pflügt, aber nicht gestreut worden, beste Bedingungen für
den Schlitten also. Der Wallach *Schnaps* trabte leicht und
locker dahin, ihm war anzumerken, dass ihm die Strecke
gefiel. Die Eheleute im Schlitten plauderten mit leiser und
ruhiger Stimme. Es bestand keine Eile, so hatte es Hanna ja
gesagt.

Hanna fand, dass das Pferd einen scheußlichen Namen
habe, der geändert werden müsse. Tuomas wollte jedoch
keine Namensänderung. Er hatte das Tier ein Jahr zuvor auf
dem Pferdemarkt von Ylivieska bei Zigeunern gekauft. Es
hatte einen rasanten Auftritt hingelegt, und der Preis war
dementsprechend horrend gewesen. Erst später hatte man
Tuomas erzählt, dass die Verkäufer dem Wallach Schnaps
in die Ohren gegossen hatten, damit er beim Verkauf recht
feurig wirkte, und so hatte er seinen Namen bekommen.
Schnaps war in jeder Hinsicht ein ruhiges und angenehmes
Pferd, nur Betrunkene konnte es nicht leiden, und das war
auch nicht nötig, denn Tuomas liebte Schnaps nur als Namen für sein Pferd.

Schnaps trabte flink dahin, so als würde er begreifen, dass
seine Leute unterwegs waren, um etwas Wichtiges zu er-
ledigen. Aus dem Gespräch der Frau und des Mannes klang
eine Art ernster Andacht. Die großen Momente des Lebens
sind die Geburt des Menschen und sein Tod. Jetzt war man
unterwegs, ein neues Leben zu gebären, ein Kind, Junge
oder Mädchen.

»Hoffentlich ist es gesund«, äußerte Tuomas.

»Doch, das ist es, Linnea hat es mir versprochen«, erwiderte
Hanna zuversichtlich.

Vor Linneas kleinem Haus brannte ein helles Lagerfeuer

zum Zeichen, dass die Geburtshelferin bereit war. Sie hörte wohl das Klingeln der Schlittenglocke, denn sie trat vor die Tür, um Hanna und Tuomas zu begrüßen. Alle gingen rasch nach drinnen. Im Kamin brannte ein fröhliches Feuer. Auf dem Herd stand ein großer vernickelter Kessel, in dem kochendes Wasser brodelte. Aus einem Nebenraum trat eine junge Mutter mit einem frisch gewickelten Baby im Arm. Linnea stellte die Frau vor, die gegen Morgen einen kleinen Jungen geboren hatte.

»Das ist Liisu, sie kommt von Öja, nimm sie doch auf der Rückfahrt mit, Tuomas.«

Das Baby schürzte die Lippen und suchte nach der Brust. Liisu errötete, sah aber glücklich aus. Sie hatte keinen festen Mann, aber immerhin ihr eigenes süßes Baby.

In der Kammer waren die verschiedensten Instrumente der professionellen Geburtshelferin akkurat auf einem Tisch angeordnet: Zangen, Scheren in zwei verschiedenen Größen, dazu Handtücher, eine Schnur, weiche Robbenfelle. Mitten im Raum stand das Kreißbett, das mit sauberen Leinenlaken versehen war, am Kopfende lagen zwei dicke, mit Eiderdaunen gefüllte Kissen. Etwas abseits stand eine Kommode, und darauf mehrere Gefäße mit Wasser. Alles war sauber und wohlgeordnet. Linnea mochte keine Unsauberkeit und wollte nicht, dass sich Mutter und Kind auf rußigen Saunabänken beschmierten, wie es bei vielen Kurpfuschern üblich war. Die Kammer war warm, und sie war nach der morgendlichen Geburt gründlich gelüftet worden.

Hanna sagte, dass sie sich beizeiten zu Hause gewaschen hatte, sodass an diese Maßnahme nun kein Gedanke mehr verschwendet werden musste.

Tuomas und die fremde junge Mutter standen ein wenig ratlos in der Wohnstube herum. Linnea übernahm das Kommando und sagte den beiden, dass sie sich entfernen dürften. Sie, Linnea, hatte jetzt keine Zeit, Kaffee zu servieren oder die Honneurs zu machen, denn ein neuer Mensch wollte auf die Welt.

»Vergiss nicht, den Kindern Fischsuppe zu kochen und in der Bäckerei Saarela frisches Brot zu kaufen«, gab Hanna ihrem Mann mit auf den Weg.

Tuomas und die junge Mutter brachen auf. Linnea begleitete sie bis vor die Tür und sprach draußen im Schein des lodernden Feuers:

»Bis spätestens sechs Uhr morgens bekommst du einen Jungen, Tuomas, so sind die Zeichen. Und dir, mein Mädchen, wünsche ich Glück. Das wirst du auch haben, wenn nur erst mal diese Kriegszeiten vorbei sind. Du wirst eine reiche Frau und bekommst einen guten Mann.«

Linnea half Hanna ins Kreißbett und bereitete alles vor, aber da sie noch die ganze Nacht Zeit hatten, begannen die Frauen zu tratschen. Themen gab es genug. Linnea erzählte, wo sie nach dem Dreikönigstag ihre Reusen auslegen wollte, sie wusste da eine sichere Stelle, wo sie genug Fisch für den Winter fangen könnte. Für den Januar hatte sie nur zwei Geburten auf dem Plan, und zwar erst Ende des Monats, sodass sie Zeit zum Fischen hätte.

Dann sprachen sie über Seelisches. Hanna wollte von Linnea wissen, ob diese ernsthaft an ihre eigenen hellseherischen Fähigkeiten glaubte, wobei sie die Antwort bereits ahnte. Linnea sagte, dass sie keine wirkliche Hexe sei, nur eine gewöhnliche Seherin und Wahrsagerin, sonst nichts. Hanna als gebildete Lehrerin wisse doch über die Materie

Bescheid und könne sachlich damit umgehen. Es sei nichts Übernatürliches im Spiel, wenn jemand Dinge voraussehe und imstande sei, die Welt aus luftiger Höhe, von wo man den besten Ausblick hat, zu betrachten. Dafür seien keine besonderen Hexenkünste erforderlich. Linnea erklärte, wie sie es anstellte, die Zahl der Robben an der gesamten Küste zu berechnen und wie sie erkannte, wo Risse im Eis entstehen würden, sodass sie die Robbenfänger rechtzeitig warnen konnte.

Die ganze Nacht plauderten die Frauen so miteinander, und keine der beiden war schläfrig. Zwischendurch tranken sie Kaffee, und dann graute auch schon der Morgen. Das Feuer draußen auf dem Hof war längst heruntergebrannt und nur mehr rötliche Glut, als die Geburt einsetzte. Fast auf den Glockenschlag genau um sechs Uhr ertönte im Haus der Schrei eines kleinen Jungen. Das Kind kam pünktlich zu der Zeit auf die Welt, die Linnea angekündigt hatte. Es beeilte sich nicht, verspätete sich aber auch nicht.

4 Rotes Begräbnis

Hanna blieb drei Tage unter Linneas Fittichen. Wegen der Geburt des Kindes hätte sie nicht so lange bleiben müssen, der Junge war gesund und auch Hanna selbst hatte keinerlei geburtsbedingte Probleme.

Ykspihlaja hatte bereits im Jahre 1885 einen Eisenbahnanschluss bekommen, denn über den quirligen Hafen kamen viele ausländische Waren ins Land, und finnische Produkte wurden ausgeführt – zunächst Butter, später Holzware und Papier. Zwischen Ykspihlaja und Kokkola gab es von Beginn an auch Personenverkehr. Der Zug, seinerzeit Motti genannt, fuhr bis zu fünfmal täglich zwischen Stadt und Hafen hin und her. Das Bahnhofsgebäude war aus Holz gebaut, im Stil der reich verschnörkelten russischen Architektur.

In jenen Tagen begann ein Zug seine Reise mit zahlreichen roten Hafenarbeitern und anderen Arbeitern von Ykspihlaja aus nach Südfinnland, die Männer wollten dort an den Kämpfen teilnehmen. Vorn an der Lok befestigten sie eine rote Fahne, auf der in großen Buchstaben eine trotzige Losung eingestickt war: Sieg dem Arbeitervolk! Freiheit und Brüderlichkeit sind unser Ziel!

Linnea und Hanna mit Baby mischten sich unter die Volksmassen, die den Kämpfern das Geleit gaben. Mindestens fünfhundert Menschen waren gekommen. Die Lok pfiff viele Male, so als wäre auch sie aufseiten der Arbeiter. Die Leute skandierten den Arbeitermarsch. Eine junge Frau trug ein selbst geschriebenes Gedicht vor, in dem den Blutsaugern und Ausbeutern finstere Rache angedroht wurde. Vom nahe gelegenen Polizeirevier her kamen drei Konstabler angestiefelt, die das Publikum aufforderten, auseinanderzugehen. Niemand gehorchte. Die Polizisten entdeckten die rote Fahne vorn an der Lok, und obwohl der Zug bereits rollte, zerrten sie die Fahne energisch herunter, zerrissen den Stoff und zerbrachen die Holzstange. Erst als der Zug hinter der Kurve verschwunden war, zerstreute sich das Publikum allmählich. Die Polizisten nahmen das Gedichtmädchen fest und sperrten es in eine Zelle. Später wurde erzählt, dass sie massiv bedroht worden war und zwei Tage lang nichts weiter zu essen und zu trinken bekommen hatte als ein Stück verschimmeltes Brot und einen Schluck stinkendes Wasser.

Abends saßen Linnea und Hanna in ernster Stimmung beisammen. Linnea sagte, dass sie das seltsame und sichere Gefühl habe, dass all dies nicht gut enden werde. Sie sehe, wie Männer erschossen und wie im ganzen Land Tausende Kinder zu hungrigen Waisen würden. Die Brüder Jaakkola aus der Nachbarschaft, die vorhin mit dem Zug an die Front gefahren waren, würden umkommen, so prophezeite sie.

»Dagegen ist nichts zu machen, ich sehe beide tot daliegen. Jeder mit einem Loch im Kopf.«

Als Hanna wissen wollte, wie viel sie Linnea für die Geburtshilfe schulde, sagte die Hebamme, dass Tuomas die Summe begleichen könne, indem er das Begräbnis der Brü-

32

der Jaakkola bezahle, sobald sie in Särgen wieder nach Ykspihlaja heimgekehrt seien.

Der Lauf der Welt – einer wird geboren, zwei werden begraben.

Am dritten Tag telefonierte Hanna von Hurskainens Villa aus mit ihrem Mann in Kokkola und bat ihn, Schnaps anzuspannen und Mutter und Kind nach Hause zu holen.

»Es war ganz herrlich hier, obwohl Linnea furchtbare Dinge prophezeit hat. Die Jaakkola-Jungen werden dem Vernehmen nach bald umgebracht.«

Hanna erzählte ihrem Mann von ihrer Zusage, dass er die Begräbniskosten der Brüder übernehmen würde. Beerdigungen von Roten waren ja heutzutage nicht teuer.

Tuomas bezeichnete es als Hexenkram, auf diese Weise mit dem Tod Scherz zu treiben, wobei er natürlich eigentlich dankbar war, dass Linnea ihre Sache bei der Kindsgeburt so gut gemacht hatte.

»Fang du bloß nicht auch noch an, Dinge vorauszusehen, die Zeiten sind schwer genug«, sagte er zu seiner Frau.

Und es kam zum Krieg, zu einem blutigen Bruderkrieg. In Vaasa landete ein in Deutschland ausgebildetes Jägerbataillon, das damit begann, eine neue Weiße Armee aufzustellen. Die roten Revolutionsgarden hatten ganz Südfinnland in ihre Gewalt gebracht, und der Senat hatte nach Ostbottnien fliehen müssen. Eine rote Regierung, genannt Volkskommissariat, sprach Recht in Helsinki. Tote gab es auf beiden Seiten, allesamt Finnen, Angehörige ein und derselben Nation.

Der Jüngste in der Kaufmannsfamilie Kokkoluoto war ein blauäugiges kleines Pummelchen, das die älteren Geschwister um die Wette verwöhnten und das auf seine eigene tollpatschige Weise an ihren Spielen teilnahm. Genannt wurde das Kind Pummel, aber Hanna drängte darauf, es taufen zu lassen und ihm einen richtigen Namen zu geben.

»Ich habe an Hjalmar gedacht«, verriet sie. Der Name klinge gebildet und fände sicher auch Anerkennung bei den Küstenschweden. Hjalmar enthalte eine Spur Noblesse und vermittele irgendwie einen adeligen Eindruck.

»Antti«, verkündete Tuomas, der Kindsvater, mit fester Stimme.

So wurde denn beschlossen, das Kind Antti Jalmari zu nennen, Namen, die nach Hannas Auffassung auch in der Version Andreas Hjalmar benutzt werden konnten.

Im März trafen in Kokkola und Ykspihlaja nach und nach die Leichen Gefallener ein. Die weißen Helden wurden feierlich auf dem städtischen Friedhof beigesetzt, Gedenkreden wurden gehalten, die Toten betrauert. Man bedeckte die Wege auf dem Friedhof mit Fichtenzweigen. Die Menschen warfen sich in schwarze Trauerkleidung, die Angehörigen trugen Sträuße und Kränze. Bevor die Gräber zugeschaufelt wurden, krachten aus den Gewehren der Schutzkorpsleute Ehrensalven zum Gedenken an die Verstorbenen. Das Gedröhn der Waffen war vielleicht ein kleiner Trost für die trauernden Mütter und Bräute, die still zuschauten, wie die Särge mit ihren Lieben in den Schoß der Erde glitten.

Anfang März gelangte die Kunde nach Kokkola, dass die Brüder Jaakkola aus Ykspihlaja an der Front in Toijala gefallen waren. Kaufmann Tuomas Kokkoluoto rief in der Leichenhalle von Toijala an, wo sowohl die weißen wie auch die roten Helden aufbewahrt wurden. Er teilte mit, dass er für die beiden Brüder die Särge wie auch die Frachtkosten bis zum Bahnhof Ykspihlaja bezahlen werde. Weil er ein Kaufmann war, der sorgfältigen Umgang mit Geld gewöhnt war, verließ man sich auf sein Wort und versprach, die Brüder in den Leichenzug zu verfrachten. Der Kirchenmitarbeiter von Toijala betonte jedoch, dass es in diesen Zeiten nicht üblich sei, Kadaver der Roten in alle Ecken des Landes zu verschicken. Im Namen der christlichen Nächstenliebe wolle er in diesem Fall aber eine Ausnahme machen.

Zwei Tage später dampfte in den Bahnhof von Ykspihlaja ein Zug, dem zusätzlich ein offener Güterwaggon angehängt worden war, beladen mit fünf Särgen und vierzig Butterfässern, die nach England verschifft werden sollten.

Tuomas hatte Hannas Wunsch entsprechend den Namen seines Wallachs geändert und fuhr mit seinem jetzigen Schluck hin, um die Särge der gefallenen Roten in Empfang zu nehmen. Es war später Abend, aber trotzdem hatte sich die Kunde von der traurigen Fracht im ganzen Hafenort verbreitet. Etwa zweihundert Menschen versammelten sich am Gleis, die Menschen verharrten still, jetzt mochte niemand Arbeiterlieder oder überhaupt etwas singen.

Die Gebrüder Jaakkola wurden auf *Schlucks* Schlitten geladen. Die restlichen Särge kamen auf zwei andere Pferdefuhrwerke. Weil es in Ykspihlaja keinen Friedhof gab, wurden die Toten in die nahe gelegene Stadt überführt. In der Dunkelheit des Winterabends legte der geräuschlose Trauerzug die kurze Strecke zurück und, am Ziel angekommen, lenkten die Kutscher ihre Fracht in die entfernteste und geschmähteste nördliche Ecke des städtischen Friedhofs, wo die Särge abgeladen und zu einem am Morgen ausgehobenen Reihengrab getragen wurden. Im Schein von Öllampen stellten schweigsame Männer in Arbeitskleidung die grob gezimmerten Kisten auf die schneebedeckte Erde am Rande der Gruft. Die Leute im Publikum nahmen die Mützen ab, und ein junger Mann trat erhobenen Hauptes in den Lichtkreis der Fackeln.

»Vihreälä! Jetzt redet er«, raunte das Publikum.

Vihreälä, der junge Leiter des Gewerkschaftshauses und Vorsitzender des Arbeitervereins von Ykspihlaja, hielt eine kurze, aber kernige Geleitrede für seine gefallenen Genossen. Er drohte nicht mit unversöhnlicher Rache, prophezeite aber, dass eine Zeit kommen werde, da die Arbeiter in der Lage sein würden, ihre Rechte zu verteidigen, ohne sich zum bewaffneten Aufstand erheben oder für ihre Ideale schießen zu müssen.

»Diese goldenen Zeiten werden wir, die wir uns hier an diesem Reihengrab versammelt haben, nicht erleben, aber unsere Kinder und Kindeskinder dürfen sie erleben, und dieses Wissen möge uns im Augenblick der Trauer Mut machen. Wir ebnen den Weg in eine neue Zeit, da unter den Menschen dieses geschundenen nordischen Volkes Gleichberechtigung herrschen wird. Das ist unser oberstes Gebot.«

Langsam wurden die Särge einer nach dem anderen ins Grab gesenkt. Im Publikum war ersticktes Schluchzen zu hören. Bald war das Begräbnis vorbei, und die stille, graue Front der Trauernden machte sich auf den Heimweg nach Ykspihlaja.

Tuomas spürte, wie ihn jemand fest am Arm packte, gerade als er Hanna in den Schlitten helfen wollte.

»Dein Sohn hat ein langes Leben vor sich, er stirbt nicht im Krieg und auch nicht an einer Krankheit, hab keine Angst. Ich habe deutlich geträumt, dass Anttis Todestag der zwölfte Juli 1990 sein wird. Hanna kann es bezeugen.«

Es war Linnea Lindeman, die mit weicher und ruhiger Stimme ihre Botschaft verkündete, ehe sie wieder in der Masse der trauernden Arbeiter verschwand.

Linneas Prophezeiung ärgerte Tuomas. Weshalb mischte sich diese sonderbare Frau ins Leben seines Sohnes ein, was trieb sie dazu? Er beschloss, das bei Gelegenheit mit seiner Frau zu besprechen. Mit Leben und Tod Scherze zu treiben, bedeutete in seinen Augen, das Schicksal herauszufordern. Niemand konnte ernsthaft wissen, wie lange ein Mensch leben, wann und in welchem Alter er sterben würde. Warum lief Linnea eigentlich nicht herum und erzählte allen Leuten, wann sie selbst sterben würde? Das wäre doch mal eine interessante Prophezeiung.

Das Paar stieg in den Schlitten. Am winterlichen Frosthimmel zeigte sich eine Spur von Polarlicht, das in kaltem Gelb fern im Norden zuckte.

Hanna äußerte, dass nach neuesten wissenschaftlichen Erkenntnissen Polarlicht dann entstand, wenn ganz hoch in den obersten Regionen des Himmels Sonnenstrahlen, die hinter der Erdkugel hervortraten, zu glühen begannen wie manchmal der Staub in der Werkstatt des Schmiedes. Laut Tuomas' Informationen jedoch spiegelten sich die Sturmwellen des Eismeeres in den höheren Luftschichten. Je wilder die Wellen, desto prächtiger das Nordlicht. Der Himmel über dem Polarkreis war zu Zeiten der Polarlichter der größte Spiegel der Welt.

Tuomas griff Linnea Lindemans seltsame Prophezeiung auf. Was plagte das Weib eigentlich, dass sie Anttis Leben und Lebenszeit bestimmen musste? War Hanna etwa auch dieser Hexenlehre verfallen? Tuomas konnte nicht begreifen, dass sich moderne Frauen wie mittelalterliche Schwarzkünstlerinnen aufführten.

Hanna belächelte den tierischen Ernst ihres Mannes. Sie erklärte, dass Linnea es nicht böse meine und dass sie keineswegs eine primitive Wahrsagerin, sondern eine in jeder Hinsicht vernünftige Frau aus dem Volk sei, die nur zufällig eine besondere Begabung besitze. Tuomas solle doch bitte schön seinen großen Mund halten, wenn die Frauen über Seelisches und über Erscheinungen sprächen, wovon die dickschädeligen Männer absolut nichts begreifen würden.

Auf der Höhe von Hollihaka kamen sie an eine Straßensperre, die von zwei Weißgardisten mit Karabinern bewacht wurde. Es waren junge Burschen, die bibbernd und mit tropfenden Nasen an dem aus Brettern zusammengenagelten Zaun standen. Offenbar stammten sie nicht aus der Gegend, da sie den Kaufmann und seine Frau nicht kannten.

»Die Papiere! Zeigen Sie die Papiere und die Durchfahrtserlaubnis!«

Tuomas Kokkoluoto hielt Schluck an. Er war ein Mann, der die Nerven behielt und den so ein kleines Hindernis nicht aus der Ruhe brachte, also suchte er die Axt aus dem Heu hervor, sprang vom Schlitten und präsentierte den Burschen im fahlen Polarlicht die glänzende Scheide.

»Legt mal euren Hals hier auf die Deichsel, ihr Herrensöhnchen, dann hacke ich euch beiden den Kopf ab. Darf ich bitten.«

Die Burschen ergriffen entsetzt die Flucht. An der Straßensperre blieben zwei Karabiner zurück. Tuomas sammelte

sie ein und schnalzte mit der Zunge. Schluck trabte ge-
mächlich in Richtung Kaufmannshaus und heimischer
Stall. Hanna dachte bei sich, dass sie einen wahrhaft heiß-
blütigen Mann hatte. Kaum zu glauben, dass er aus Kokkola
stammte.

5   Mit den Frauen unterwegs

Antti Jalmari Kokkoluoto war inzwischen zehn Jahre alt. Er war schon kräftig genug fürs Fischen, und so nahm Hanna ihr Nesthäkchen mit auf die Rudertouren in Linnea Lindemans Robbenboot. Als Jüngster in der Familie hatte Antti die meiste Zeit, und irgendwie war er auch Mamas Liebling. Die größeren Kinder unterstützten so lange den Vater im Laden und kümmerten sich um den Haushalt, und vormittags waren sie natürlich in der Schule. Antti brauchte nicht in die Schule zu gehen, denn seine Mutter unterrichtete ihn selbst, besonders in Rechnen und Erdkunde, schließlich war sie einst Lehrerin an der Volksschule von Ykspihlaja gewesen. Tuomas, der Familienvater, hatte im Laden alle Hände voll zu tun. Ab und zu ging er auf Geschäftsreise, um bei Großhändlern in Seinäjoki oder sogar in Tampere neue Ware zu besorgen. Bei diesen Gelegenheiten besuchte er auch eifrig die Pferdemärkte.

Linnea und Hanna rüsteten sich gegen Ende des Sommers, als die Abende und Nächte dunkler wurden, für ihre Rudertouren. Sie luden Netze, Reusen und Proviant ins Boot und schoben es ins Wasser. Antti durfte das Steuer halten, während seine Mutter und Linnea abwechselnd das große Robbenboot ruderten. Der kleine Junge wunderte sich ein wenig darüber, dass die Frauen nie die Netze oder die Reu-

41

sen auswarfen, sondern in aller Ruhe weit aufs offene Meer hinausfuhren, wo sie dann angestrengt mit den Blicken den Horizont absuchten. Sie hielten Ausschau nach einem großen Handelsschiff mit schwarzem Rumpf, *Mathilda* hieß es, und wenn sie es entdeckten, ruderten sie dicht heran. Von oben vom Deck riefen die Seeleute etwas in einer fremden Sprache herunter, auf das die Mutter, als gebildete Lehrerin, antworten konnte. Die Seeleute warfen ein Seil herunter. Problemlos ließen sich so glänzende Blechkanister von der *Mathilda* ins Boot laden. Erst später begriff Antti, dass sie Branntwein enthielten, zu Hause im Laden hatte er die Leute oft genug vom Alkoholverbot und von Branntwein reden gehört. Jetzt ahnte er, dass es sich um jenes Zeug handelte, das vor allem die Männer gern schluckten, woraufhin sie schrecklich betrunken wurden. Die Mutter trank nichts von dem Branntwein, Linnea ebenfalls kaum, sie deckten die Kanister nur sorgfältig mit Robbenfellen ab. Wenn das Boot vollgeladen war, bezahlten die Frauen die Fracht und fuhren wieder heimwärts, allerdings nicht direkt zu Linneas Liegeplatz. Sie warteten draußen vor der Hafeneinfahrt, bis es dunkel genug war und sie sich überzeugt hatten, dass die Luft rein war. Erst dann griffen sie wieder zu den Rudern und fuhren zügig bis an den Steg. Die Kanister versteckten sie in Linneas Brunnen. Manchmal mussten sie sich so beeilen, dass sie nicht alles schafften und etliche Kanister im Boot unter den Reusen liegen blieben, aber bis zum Morgen waren auch die in Sicherheit gebracht.

Während Antti schlief, wurde der Branntwein verkauft, und tagsüber kamen kaum Gäste ins Haus, höchstens Gebärende, und auch die nicht sehr oft. Wenn eine Frau mit dickem Bauch erschien, brachte die Mutter Antti zum Bahnhof und kaufte ihm eine Fahrkarte nach Kokkola.

»Erzähl Vater aber nichts von den Bootsfahrten, na ja, er fragt ja sowieso nicht.«

Falls sich dennoch jemand nach den Bootsausflügen erkundigen würde, sollte Antti unbedingt sagen, dass sie gefischt und auf jeder Fahrt mindestens hundert Kilo gefangen hatten.

In Linneas Haus kamen Kinder zur Welt. Auf dem Grund des Brunnens lagen blecherne Kanister, die mit dem Seil hinabgelassen und auf demselben Wege rasch wieder heraufgezogen werden konnten. All das fand der kleine Junge außerordentlich spannend. Er beschloss, sich anzusehen, wie die neuen Kinder in Linneas Kammer hergestellt wurden. Er beschloss außerdem, heimlich einen der Branntweinkanister aus dem Brunnen zu holen und ihn ganz allein auszutrinken. Wenn er dann betrunken wäre, würde er brüllend und raufend durchs Dorf laufen, so wie es die erwachsenen Männer machten.

Irgendwie bekamen die örtlichen Polizisten Wind davon, dass es bei Linnea ein Branntweinversteck gab, und so beschlossen sie, das Haus der Geburtshelferin zu durchsuchen. Linnea ließ sich davon nicht irritieren. Als sie von der bevorstehenden Razzia erfuhr, beschloss sie, die Polizisten abzulenken, indem sie eine Scheingeburt arrangierte. Die im Brunnen gelagerten Kanister wurden rasch heraufgeholt und unter dem Kreißbett versteckt, säuberlich in drei Schichten gestapelt, insgesamt tausend Liter. Es war eine so große Menge, dass die Polizisten bei einer genauen Durchsuchung des Raumes das Versteck ohne Weiteres finden würden. Nun war keine Zeit zu verlieren, also riss

sich Hanna die Kleider herunter und legte sich ins Kreißbett. Sie war geübt im Gebären, sodass ihr die Vorstellung
gut gelang.

Die Branntweinpolizisten untersuchten den Brunnen,
stiegen auf den Dachboden und schnüffelten dort eine
Weile herum. Schließlich kamen sie ins Haus, um sich dort
genauer umzusehen. In der Kammer jammerte Hanna lauthals. Sie wand sich wie in Wehen unter den Robbenfellen,
und als die Polizisten durch die Tür lugten, begriffen sie,
dass da eine Frau lag, die im Schweiße ihres Angesichts
gerade ein Kind warf. Die Männer waren nicht hart gesot-
ten genug, mit der offiziellen Razzia fortzufahren. Linnea
wuselte im Raum herum, erhitzte Wasser und legte ihre
Instrumente zurecht. Sie bat die Polizisten sogar, ihr bei
der Geburt zu helfen, die allem Anschein nach besonders
schwer werden würde. Es könnte sogar so schlimm kommen, dass Mutter und Kind starben.

Die Polizisten verließen eilig das Haus. Sie waren es nicht
gewöhnt, einer Hebamme bei der Arbeit zu helfen, obwohl
sie beide Familienväter waren und eine große Schar Kinder
hatten.

In der Vorweihnachtszeit kam eine echte Gebärende in
Linnea Lindemans Haus. Auch Antti hatte vorab davon erfahren, denn es hatte geheißen, dass das Kind mit einigem
Glück am ersten Adventssonntag auf die Welt kommen
könnte. Das neugierige Bürschchen versteckte sich beizeiten im Kleiderschrank der Kammer, unmittelbar an der
Treppe, die auf den Dachboden führte, und war bereit, als
die Wehen einsetzten. Interessiert beobachtete er, wie alles
vor sich ging. Aber als er sah, wie roh und blutig die ganze
Angelegenheit war, versagten seine Nerven. Ihm wurde

schlecht und gleich darauf schwarz vor Augen, viel fehlte nicht, und der heimliche Beobachter wäre in seinem Versteck ohnmächtig geworden.

Äußerst vorsichtig öffnete Antti den Schrank und kroch auf allen vieren zur Tür der Kammer. Linneas langer Rock und ihre dicken Waden bewegten sich vor seinen Augen hin und her. Als sich die Hebamme umwandte, um nach einem Instrument zu greifen, erstarrte der Junge auf dem Fußboden wie eine tote Schlange. Die Gebärende im Bett brüllte. Antti schob sich zur Tür und versuchte sie zu öffnen, um in die Wohnstube zu entwischen, aber da wandte sich Linnea um und entdeckte den Jungen auf dem Fußboden.

»Was machst du verflixter Bengel hier!«, schrie sie, packte den ungebetenen Zuschauer am Schlafittchen und beförderte ihn in die Wohnstube, wo Hanna ihr Nesthäkchen höchst verwundert in Empfang nahm. Sie versohlte ihm tüchtig den Hintern. Später saßen Linnea, Hanna und die frischgebackene Mutter am Kamin, kochten Kaffee und wollten von dem kleinen Burschen wissen, woher er so plötzlich aufgetaucht war. Antti redete sich damit heraus, dass er auf dem Dachboden gewesen war, um alte Zeitungen zu lesen.

Der Abenteurer verzog sich, erschüttert vom Geburtsdrama und der Tracht Prügel, nach draußen. An der frischen Luft kam er bald zu sich und beschloss, sich einen Kanister Branntwein aus dem Brunnen zu holen. Die erwachsenen Männer hatten gesagt, dass der Branntwein half, wenn es einem schlecht ging. Im Brunnen lagerten wieder mehrere Kanister, Ergebnis einer Schmuggeltour in der vergangenen Woche. Antti hievte sich einen Kanister herauf, schraubte mit vor Aufregung zitternden Fingern den Verschluss auf und setzte das Blechgefäß an die Lippen. Der erste Schluck brannte auf der Zunge und im Rachen wie glühende Kohlen, aber tapfer schluckte das Bürschchen die scheußlich schmeckende Flüssigkeit hinunter. Sein Herz hämmerte und vor seinen Augen sprühten Funken, aber Antti gab nicht auf, sondern trank noch zwei, sogar drei feurige Schlucke. Mehr von dem fast hundertprozentigen Alkohol vertrug er nicht, sondern fiel vornüber auf den vereisten Hof und erbrach sich. Der Blechkanister rollte über den festgetretenen Gehweg bis auf die Straße. Ein Passant fand ihn, entdeckte den betrunkenen Jungen und brachte ihn in Linneas Haus.

6   Antti flieht ins Ausland

Anttis Trinkabenteuer sorgte für mächtig viel Wirbel in Ykspihlaja. Konnte es wirklich wahr sein, dass im Dorf sogar schon die kleinen Jungen Branntwein schluckten? Die Leute fanden vor allem verwerflich, dass der beim Saufen erwischte Junge das sechste Kind einer früheren Lehrerin aus dem Dorf war. Sie äußerten sich zwar anerkennend darüber, dass Hanna Kokkoluoto für ihr Alter immer noch sehr gut aussah, kritisierten sie aber heftig wegen des Benehmens ihres Sohnes. Auch wenn sie beteuerte, dass sie Antti tüchtig verdroschen und ihm den Schwur abgenommen hatte, nie wieder Branntwein zu trinken, nützte ihr das nicht viel. Als gebildeter Mensch hätte sie unbedingt dem gemeinen Volk ein Beispiel geben müssen, statt mit Unterstützung ihrer Kurpfuscherfreundin den eigenen kleinen Sohn zum Trinken zu verleiten. Der Klatsch verbreitete sich natürlich bis nach Kokkola und wurde Anttis Vater geradezu auf dem Silbertablett serviert, was zur Folge hatte, dass der seinem Sohn für seinen Trinkversuch eine noch spürbarere Lektion erteilte, als es die Mutter bereits getan hatte.

Der Kolumnist der schwedischsprachigen Lokalzeitung lamentierte darüber, was das für Zeiten seien, in denen kleine Jungen am helllichten Tag Branntwein trinken würden, noch dazu auf dem Hof eines Hauses, in dem allerlei Illegales wie Hexerei, Entbindungen und Schmuggel praktiziert würde. Frauen und Kinder seien auf dem Weg ins Verderben, wohin sollte das alles noch führen! Die Moral der Nation sei in Gefahr. Schuld an allem sei ein missglücktes Alkoholverbotsgesetz, das sofort annulliert werden müsse, um noch schlimmere Folgen zu vermeiden.

Schwer enttäuscht grübelte Antti darüber nach, wie hart die Welt war. Wie konnte es sein, dass über die Geburt eines Kindes so viel Schönes erzählt wurde, während es sich in Wirklichkeit um ein schmerzhaftes und blutiges Ereignis handelte. Er hatte es selbst und mit eigenen Augen beobachtet. Neugeborene Babys sahen ganz schrecklich aus, wie verprügelte Ferkel.

Und das Trinken? Weshalb taten es so viele Leute und priesen es als gesunde und angenehme Sitte? Die feinen Herren zechten ganz öffentlich im Hafenhotel »Hietala«, das wusste Antti genau. Manchmal hatten sogar Vater und Mutter an Feiertagen dunkelroten Schnaps getrunken – Rotwein also, von dem Tuomas ein paar Flaschen auf Lager hatte. Anttis eigene Erfahrung mit dem Alkohol war jedoch eine ganz andere, schließlich hatte er das Ganze nur mit knapper Not überlebt: Das Zeug verbrannte einem den Mund, stank ekelhaft und hinterher wurde einem schlecht und man fiel einfach um.

Antti hatte sich erkältet, als er im Schnee lag. Er hatte Fieber, aber niemand wusste davon, und statt dass man ihn ins Bett packte, bekam er für seinen Ungehorsam schmerzhafte Prügel.

Gekränkt durch Tadel und Strafe beschloss der fiebernde Antti mit der Bedingungslosigkeit eines halbwüchsigen

Jungen, für immer weit weg zu gehen. Weder in Kokkola noch in Ykspihlaja verstand oder brauchte ihn jemand. Er hatte zwar ein paar Freunde, aber die gingen zur Schule. Er fühlte sich wie ein von der Welt geächteter einsamer Wolf. Er würde allen beweisen, dass er von niemandem abhängig war. Er war immerhin schon ziemlich groß, und bald käme die Zeit, da er wie ein erwachsener Mann in den Krieg ziehen und sämtliche Feinde töten könnte. Und davon gab es genug. Nun, die Mutter würde er vielleicht nicht umbringen, jedenfalls nicht gleich, und den Vater eigentlich auch nicht, aber auch ohne sie gab es genügend andere Gegner. Es gab die Roten und die Weißen, es gab Deutschmänner und Russen. Wenn der Krieg dann vorbei wäre, würde er als General oder Korporal nach Kokkola zurückkehren und in einer Parade rund um den Marktplatz reiten. Die Mädchen würden vor seinem stolzen Hengst Blumen streuen.

Tuomas Kokkoluoto hatte zu jener Zeit wieder ein neues Pferd, denn Schluck, ehemals Schnaps, war bereits gestorben und zu Wurst verarbeitet. Das neue war ein junger Wallach namens Galopp, aber er genügte Antti als großem Kriegsherren nicht, obwohl es eigentlich ein gutes Pferd war. Im Ausland würde er sich ein neues und besseres kaufen, es müsste schwarz sein und dumpf wiehern.

Antti schmiedete Pläne, welche Paradekopfbedeckung er als General tragen würde. Eine weiße Pelzmütze würde sich vielleicht am besten ausnehmen. So eine, wie General Mannerheim sie trug. Dazu müsste er eine betresste rote Jacke und eine Hose mit leuchtend gelben Seitenstreifen haben. Dieser Gedanke gefiel ihm. Er beschloss, zunächst nach Schweden zu gehen und dann zum Beispiel nach Deutschland oder in andere ferne Länder. Seine Mutter hatte ihn Geografie gelehrt, er kannte viele Länder der Welt. Antti war ein vernünftiger Junge und begriff, dass er es zumindest vorläufig nicht allein bis nach Amerika schaffen würde. Dazu müsste er zunächst mit dem Dampfschiff nach Hanko und von dort nach Kopenhagen gelangen, dann erst könnte er den reichsten Staat der Welt, Amerika, erreichen. Mit Linneas Robbenboot könnte er auf jeden Fall zumindest bis nach Russland rudern. Moskau war fast ebenso nah wie Stockholm. Schwedisch sprach Antti seiner eigenen Meinung nach recht gut, aber Russisch müsste er noch besser lernen, falls er dorthin gehen wollte.

Der Junge fieberte in dieser Nacht heftig. In den frühen Morgenstunden zog er sich warm an und schlich die Treppe hinunter, wo er die Ladenkasse mit dem Schlüssel öffnete, den der Vater im Regal unter dem Zuckertopf aufbewahrte. Wie ärgerlich, dass sich in der Blechkiste bloß eine kümmerliche Handvoll Münzen befand. Na egal, zumindest die erste Strecke konnte er mit Linneas Robbenboot zurücklegen. Er könnte zur *Mathilda* rudern und sich große Mengen Branntwein holen, die könnte er dann verkaufen und sich auf diese Weise weiteres Reisegeld verdienen.

Der fiebergeschüttelte Junge verließ geräuschlos das Haus und trabte zum Bahnhof. Er rechnete sich aus, dass das Geld für eine Fahrkarte nach Ykspihlaja reichen würde. Weil es noch Nacht war, verkehrten noch keine Personenzüge. Nur ein Güterzug rumpelte in den Bahnhof. Bibbernd kletterte der Junge in den letzten Waggon und gelangte so nach Ykspihlaja. Unterwegs war es schneidend kalt. Der ganze Körper des kühnen Ausreißers zitterte unter den Kälteschauern. Andererseits war es ein Glücksgefühl, die aufregende Reise in ferne Länder anzutreten, wo es zum Beispiel solche Köstlichkeiten wie Orangen gab. Antti scharrte sich eine Handvoll Schnee auf dem Fußboden des Waggons zusammen und ließ ihn im Mund schmelzen. Das half ein wenig gegen das Fiebergefühl, und für kurze Zeit kam er sich vor wie ein erwachsener Mann, den so schnell nichts aus der Bahn warf. Er war ruhig und gelassen, obwohl Fieber und Schüttelfrost seinen ganzen Körper peinigten. Heißes Blut, kalte Nerven.

Der kleine, magere Antti Kokkoluoto wurde erst am Abend desselben Tages auf dem Eis vor Ykspihlaja gefunden. Er hatte versucht, Linneas Robbenboot ins Wasser zu schieben, aber das Meer war bereits bis weit draußen zugefroren. Die Kräfte des kranken Ausreißers hatten nicht gereicht, das schwere Boot über mehrere Seemeilen bis ans offene Wasser zu bugsieren. Er hatte jedoch die schlaue Idee gehabt, Linneas Tretschlitten als Fortbewegungsmittel mitzunehmen, und damit hatte er sich energisch bis zu den Klippen vorgearbeitet. Dort hatten seine Kräfte endgültig versagt und er war gezwungen gewesen, sich auszuruhen. Im schneidenden Meereswind hatte er sich auf dem Sitz des Tretschlittens zusammengekauert und so versucht, wenigstens ein bisschen Wärme in seinen mageren Körper zu bekommen. Dabei war er eingeschlafen, und als Linnea ihn fand, glaubte sie zunächst, er wäre bereits erfroren.

Linnea hatte sich über die Fußabdrücke des Jungen auf ihrem Hof gewundert und war der Spur des Tretschlittens aufs Eis gefolgt. Linnea trug im Winter stets einen warmen Mantel aus Robbenfell. Dahinein wickelte sie den erstarrten Jungen und brachte ihn mit dem Tretschlitten in ihr Haus. Im Schein des Kaminfeuers taute sie den Unglücklichen auf, betete zu sämtlichen freundlichen Geistern und erinnerte sich schließlich erleichtert an ihre Vision: Hannas und Tuomas' Sohn würde jetzt noch nicht sterben, er würde älter als siebzig Jahre werden, das wusste sie schließlich ganz sicher.

Als sie den fiebernden Jungen ins warme Bett gepackt hatte, informierte sie vom Telefon ihrer Nachbarn aus die Eltern in Kokkola, dass sie Galopp anspannen und kommen sollten, um sich um den verschwundenen, aber im letzten Moment wiedergefundenen Antti zu kümmern.

»Ich fand ihn auf dem Eis, er wird daran nicht sterben, aber er ist sehr schwach.«

Linnea wusch den Jungen von oben bis unten mit Branntwein. Seine Eltern kamen spätabends mit dem Schlitten angerast, sie brachten Doktor Einar Cederberg mit. Der Arzt war stets bereit, Kranken zu helfen, und oft nahm er von seinen ärmsten Patienten nicht einmal Geld. Er stellte sofort fest, dass Anttis Zehen und Finger erfroren waren. Als der Doktor sie rieb, begann das Blut in den Gliedern des Jungen wieder zu zirkulieren, und es bestand keine Lebensgefahr mehr. Der Arzt schrieb ein Rezept aus. Ein Heimtransport wurde für ihn bestellt. Bevor Cederberg einstieg, holte er eine Tüte mit weißen Bonbons aus der Tasche und empfahl, sie dem Jungen morgens mit warmer Milch zu verabreichen.

Die Familie Kokkoluoto kehrte erst am folgenden Morgen nach Hause zurück. Das Pferd trabte langsam dahin, es schneite, die Stimmung war trübe. Niemand sprach, Antti schlief unter den Schlittendecken. Zum Glück waren die anderen Kinder zu Hause gut zurechtgekommen, sie hatten sogar den Laden geöffnet und Kleinigkeiten verkauft.

7 Zwangsversteigerungen in der Notstandszeit

Im Herbst 1929 brach in New York die mächtigste Börse der Welt zusammen. Hanna las die beängstigende Nachricht laut aus der Regionalzeitung vor.

»Aus New York wird telegrafiert, Moment ... dort sind ganz schreckliche Dinge passiert. Wolkenkratzer sind in Brand gesteckt worden, und große Finanzmagnaten sind auf die Straße gesprungen, sogar aus der 24. Etage.«

Der Kaufmann riss seiner Frau die Zeitung aus der Hand und las rasch den ganzen Bericht durch. Dann gab er ihr die Zeitung zurück und sagte mit ernster Stimme:

»Das wird eine schreckliche Krise für die ganze Welt.«

»An dir haben wir ja einen echten Wahrsager gefunden, du redest schon wie Linnea. Aber du könntest durchaus recht haben. Den Menschen geht erst die Arbeit aus, dann das Geld und am Schluss das Brot.«

Die große Krise verbreitete sich rasch von den USA bis nach Europa, wo sie mit voller Wucht zuschlug. Nur ein Jahr nach dem New Yorker Börsencrash, dem schwarzen Dienstag im Oktober 1929, erreichte der weltweite Mangel auch das abgelegene Finnland. Die Produktion in den Fabriken schrumpfte, die Leute wurden entlassen, und Horden von Arbeitslosen zogen verzweifelt über die Landstraßen –

man sprach daher auch von Kilometerfabriken. Viele der richtigen Fabriken hatten ihre Tore geschlossen und die Maschinen standen still. Die Landwirte kamen in Bedrängnis, die Banken waren gnadenlos und ließen Tausende Höfe bankrottgehen. Aus vielen ehemaligen Bauern wurden hungrige und verbitterte Knechte. Das nationale Eigentum – Geld, Häuser und Waren – wurde neu verteilt.

Die Geschäfte in Tuomas Kokkoluotos Laden kamen fast zum Erliegen. Zum Glück hatte Hanna eigenes Geld gebunkert, das sie zusammen mit Linnea beim Branntweinhandel verdient hatte. Jetzt holte sie es hervor und übergab ihrem Mann ein dickes Bündel Scheine.

»Da, nimm. Du brauchst jetzt Geld.«

Tuomas Kokkoluoto begriff, dass es sich jetzt lohnte, Risiken einzugehen und zuzuschlagen, wo es nur ging. Er legte seinen gesamten Besitz bei der Bank an und rüstete sich für umfangreiche Geschäftsreisen durchs ganze Land. Er nahm Antti mit, der jetzt fast dreizehn Jahre alt war. Der Junge hatte sich von den Erfrierungen auf seiner Flucht gut erholt, und sein Fieber hatte keine Nachwirkungen gehabt. Er war sogar im letzten Jahr tüchtig gewachsen. Antti war ein blonder, schlanker Junge mit recht männlichem Aussehen, das durch eine gute Körperhaltung und geschmeidige Bewegungen noch verstärkt wurde. Der Vater sagte sich, dass der Junge auf den Reisen durchs Land Lebenserfahrung sammeln könnte. Damit er nicht mehr auf die Idee käme, mit dem Tretschlitten ins Ausland zu fahren.

Tuomas bereiste mit seinem Sohn jene Provinzen, in denen die Not am größten war. Tausende Bauernhöfe kamen bei Zwangsversteigerungen unter den Hammer, Sägewerke und Metallwerkstätten machten zu Hunderten Konkurs.

All das mit anzusehen, war schmerzlich, besonders, da Tuomas aus der Not der Menschen Nutzen zog. Aber er konnte dem ins Elend stürzenden Volk nicht helfen, er musste vielmehr alles dafür tun, dass er nicht selbst in eine ebenso schlimme Lage geriet. Tuomas kaufte bewegliche Habe, Landmaschinen und landwirtschaftliches Gerät, tauschte Pferde. Und Kleidung übernahm er in solchen Mengen, dass er zu Hause in seinem Laden auf Jahre hinaus genug anzubieten hätte. Er bekam ganze Besitztümer fast umsonst. Nachdem er seine Beute aus den armen Gegenden in den besser gestellten Süden transportiert hatte, konnte er sie dort für den doppelten oder sogar dreifachen Preis weiterverkaufen. Auch nach Schweden brachte er einige der wertvollsten Erwerbungen aus den Zwangsversteigerungen, immerhin mehrere Bootsladungen. Er war ein rücksichtsloser Mann, und je länger er auf den Zwangsversteigerungen unterwegs war, desto kühler wurde sein Kopf und desto heißer floss sein Blut, wenn er abends im warmen Zimmer einer Pension zusammen mit seinem Sohn sein Geld zählte.

Den spektakulärsten Kauf während der ganzen Zeit tätigte Tuomas in Hanko, wo acht nagelneue Dreschmaschinen aus den USA im Hafen eingetroffen waren. Sie standen zum Verkauf, denn der Empfänger, ein kleiner Grossist für Agrarbedarf, war pleitegegangen. Wegen der hohen Frachtkosten lohnte es nicht, die Maschinen an den Hersteller in Detroit zurückzuschicken. Nach Lage der Dinge war klar, dass die Maschinen sehr billig sein würden, und Tuomas Kokkoluoto musste nicht lange überlegen, ob er sie kaufen sollte. Die wertvolle Fracht ging für den Preis von drei Arbeitspferden in seinen Besitz über. Die mechanischen Teile der Maschinen waren gut geölt und in gesonderte Holzkisten verpackt. Wohlgeordnet lagerten dort die Dreschwalze, in der der eigentliche Drusch vollzogen wurde, sowie die Strohschüttler, die die Körner abschüttelten und das Stroh hinten aus der Maschine auswarfen. Ein Sieb nahm den Abfall auf, und ein spezielles Korbsieb trennte schließlich die Spreu vom Weizen. Diese ganze Mechanik war für die Dauer der Schiffsfahrt ausgebaut worden. Detaillierte und mit genauen Abbildungen versehene Montage- und Wartungsanleitungen waren beigefügt. Sie waren auf Englisch und Deutsch verfasst, Hanna würde sie ins Finnische übersetzen können.

Die Dreschmaschinen waren sechs Meter lang und einen Meter breit, dazu etwa mannshoch. Tuomas errechnete, dass jede Maschine ein Fassungsvermögen von knapp neun Kubikmetern hatte.

Er mietete vier Eisenbahnwaggons, in die er die Maschinen und die Metallteile verladen ließ, jeweils zwei in jeden Waggon. Seine Absicht war, die Dreschmaschinen ins Binnenland zu schaffen, wo sich sicherlich Käufer finden würden. Leer wollte er seine Beute jedoch nicht aus Hanko abtransportieren. Und so mietete er ein großes Fischerboot und fuhr in einer geeigneten Nacht mit seinem Sohn aufs Meer hinaus. Er wusste gut, dass außerhalb der finnischen Hoheitsgewässer eine internationale Alkoholflotte ankerte. Schließlich hatte Antti schon mit seiner Mutter und Linnea im Bottnischen Meerbusen Branntwein geschmuggelt. Jetzt wollte es sein Vater gemeinsam mit ihm versuchen.

Auf dem nächtlichen herbstlichen Meer herrschte eine spannungsgeladene Atmosphäre. Die Seevögel schliefen

56

auf ihren Klippen, aber am Horizont brummten die Motoren der Zoll- und der Schmugglerboote. Mitten auf dem Meer warteten mehrere Branntweinschiffe, die unter den Flaggen diverser Länder fuhren. Auf den Wellen des Finnischen Meerbusens schaukelten die griechischen *Naxos* und *Hera*, die deutsche *Heinrich*, die vermutlich kubanische *Venus* und viele andere. Tuomas Kokkoluoto kaufte seine Fracht von der *Hera* und manchmal auch von der *Venus*. Die Besatzungsmitglieder sorgten fürs Umladen der Ware, Vater und Sohn blieb die gefährliche Rückfahrt nach Hanko und dort die schweißtreibende Arbeit, all die Kanister zu den Eisenbahnwaggons zu tragen, die auf Tuomas' Bitte auf den Gleisen der Hafenbahn, in den Schutz der großen Magazine, rangiert worden waren. Den Branntwein versteckten sie im Inneren der Dreschmaschinen.

Bei jedem Ausflug wurden Tausende Liter Branntwein, abgefüllt in Zehn-Liter-Blechkanistern, ins Boot geladen. Wenn das Boot voll war, kehrten Vater und Sohn in den frühen Morgenstunden in den Hafen von Hanko zurück. Sie schafften eine Fahrt pro Nacht und konnten so jeweils eine Dreschmaschine mit Branntwein füllen. Aus Geheimhaltungsgründen engagierte Tuomas keinen Hafenarbeiter, der ihnen geholfen hätte, sondern sie schleppten die Kanister zu zweit zu den Waggons und versenkten sie im Inneren der Maschinen. Antti als der Kleinere stand drinnen und nahm die Kanister in Empfang. Es war für beide Schwerstarbeit, aber Tuomas war ein kräftiger Mann, und Antti wiederum hatte die richtige Größe und war entsprechend wendig beim Einladen. Polizei und Zoll mischten sich nicht ein. Sie kamen gar nicht auf die Idee, bei dem Kaufmann und seinem Sohn groß angelegten Schmuggel zu vermuten. Sie nahmen Tuomas ohne Weiteres ab, dass er von den nahe gelegenen Inseln Brennholz abholte, das im vergangenen Winter geschlagen worden war und als Bahnfracht nach Helsinki gebracht werden sollte. Tuomas versteckte jede seiner Branntweinfrachten unter trockenen Birkenkloben, die er auf den Inseln gekauft hatte.

Alles in allem dauerte die Beladung fast eine Woche, jeweils eine Nacht dauerte es, den Bauch einer Dreschmaschine mit Branntwein zu füllen. Insgesamt 7200 Kanister, 72000 Liter.

Als die Dreschmaschinen voll waren, ging die Operation weiter, jetzt als Bahnfracht ins Binnenland. Die wertvollen Innereien der Dreschmaschinen verkaufte Tuomas in Häme, in Mittelfinnland und in Ostbottnien, der Inhalt einer Maschine ging sogar nach Rovaniemi. Erst wurde der Branntwein verkauft, dann die Maschinen mit ihren Dreschwalzen, Schüttlern und Sieben. Kaufmann Tuomas Kokkoluoto war jetzt ein wohlhabender Mann.

8 Ein Bauernhof und ein Pferd mit Fohlen

Auf den Branntwein- und Zwangsversteigerungstouren lehrte Tuomas seinen Sohn allerlei nützliche Fähigkeiten, die ein Geschäftsmann brauchte. Abends nach getaner Arbeit quartierten sie sich zumeist in einer örtlichen Pension ein, die billiger als ein Hotel war, aber ihren Zweck erfüllte.

In den langen Abendstunden erläuterte Tuomas, wie man mit Kunden und Handelspartnern umgehen musste. Man solle fremden Menschen nicht direkt in die Augen starren, auch wenn ein unbeirrbarer Blick an sich ein Zeichen für Ehrlichkeit sei. Ein scharfer, schneller Blick könne den anderen irritieren und zur Vorsicht veranlassen, dann könne man ihn nicht mehr so leicht auf seine Seite ziehen, was schließlich die wichtigste Voraussetzung dafür sei, eine gute Geschäftsbeziehung aufzubauen. Man müsse imstande sein, die Gesten und das Verhalten des Gegenübers blitzschnell und genau zu deuten. Man müsse lernen, die Menschen richtig einzuschätzen, müsse versuchen, ein unfehlbarer Menschenkenner zu werden. Wenn die Geschäftsbeziehung auf einen längeren Zeitraum angelegt sei, empfehle es sich, die Gewohnheiten und das Verhalten des Partners ständig zu beobachten, damit man sich am Ende ein vielschichtiges und fundiertes Bild von ihm machen könne. Die eigene Menschenkenntnis sei das Fundament eines jeden Geschäftsabschlusses.

Tuomas warnte seinen Sohn davor, einen ehrlichen Mann mit einem Gauner zu verwechseln. Den geübten Lügner erkenne man daran, dass er locker und leicht dahinplaudere und dabei so ehrlich wirke, dass nur ein genauer Beobachter, der den menschlichen Charakter in all seinen Nuancen kenne, die Fassade durchschaue. Tuomas führte als Beispiel einen Markthändler an, der Witze machen würde, wenn er seine Waren anpries, indem er maßlos übertriebe, aber im Grunde ein durchaus ehrlicher Charakter wäre, der einfach nur zur Freude der Käufer allerlei lockere Sprüche machte. Während der benachbarte Händler dagegen vielleicht die Qualität seiner Ware ohne jede Übertreibung anpreisen würde. Dafür aber schummelte dieser scheinbar ehrliche Mann vielleicht klammheimlich beim Abwiegen oder gäbe dem Kunden zu wenig Geld heraus. Wenn der Kunde ihm auf die Schliche käme, würde er sich tausendmal entschuldigen, das Versehen bedauern und dabei lauthals seine absolute Redlichkeit beschwören.

Tuomas wies auch darauf hin, dass ein Geschäftsmann sein Wort halten und ehrlich handeln müsse, obwohl das in der Branche oft übermächtig schwer sei. Eigentlich seien Kaufleute und alle anderen Menschen, die mit Geld arbeiteten, gezwungen, ihr ganzes Leben lang in einer Grauzone zwischen Ehrlichkeit und Lüge zu lavieren. Einerseits müssten sie die Ware anpreisen, selbst wenn die vielleicht nicht besonders gut sei, andererseits müssten sie das Vertrauen der Kunden gewinnen, denn das sei die Basis für jeden kommerziellen Erfolg. Ein Geschäftsmann, der kurzfristige Gewinne anstrebe, werde vielleicht schnell reich, aber dieses

Vermögen schwinde unter Umständen auch schnell wieder. Ein Kaufmann, der langsam und auf sicherer Grundlage vorgehe, schaffe sich ein stabiles und bleibendes Vermögen, dem nicht mal die eisigen Winde einer schweren Krise etwas anhaben könnten.

»Ehrlich auf Biegen und Brechen sollte man aber nicht sein. Ein Kaufmann muss glaubhaft lügen, muss die Leute beschwatzen können, sodass sie sein Handeln lediglich als unschuldiges Gewinnstreben eines ehrlichen Mannes betrachten.« Und diesen Status glaubte Tuomas Kokkoluoto auf seine alten Tage erreicht zu haben.

Antti gefielen die Abende in den Pensionen, da der Vater sich die Mühe machte, ihn in die Geheimnisse des Lebens eines Mannes und speziell eines Geschäftsmannes einzuführen. Vater und Sohn hatten endlich einmal reichlich gemeinsame Zeit, die sie gut nutzten.

Tuomas betonte, dass ein Geschäftsmann neben all seinen anderen Aktivitäten auch versuchen müsse, die schwachen Mitglieder der Gesellschaft zu unterstützen. Den Armen zu helfen, sei ein Teil weitsichtiger Geschäftstätigkeit. Aber auch hierbei sei ein kluges Vorgehen gefordert: Man solle nicht öffentlich als Interessenvertreter der Armen auftreten, sondern vielmehr kleine Maßnahmen im Stillen und ohne viel Aufhebens realisieren, sodass das Selbstwertgefühl des Empfängers nicht leide. Tuomas nannte auch hier ein paar Beispiele: Wenn man etwa auf dem Pferdemarkt einen betrunkenen Bauern träfe, der sein Geld und sein Pferd verspielt hätte, so könnte man als anständiger Kaufmann den armen Tropf in den angrenzenden Wald führen und ihm ein paar Scheine ins Portemonnaie stecken, ihm im besten Falle auch noch ein kleines Päckchen

überreichen, das etwa Brot und Speck enthielte. Abschlie-
ßend würde es sich empfehlen, dem verkaterten Kerl noch
einen tüchtigen Schluck zum Aufwärmen zu spendieren.
Solche Begebenheiten würden im Marktgetümmel durchaus registriert, und die Kunde von der Geste verbreite sich
unter den Leuten. Die Konkurrenten müssten dann nei-
disch feststellen, dass der Tuomas Kokkoluoto aus Kokkola
ein anständiger Kerl sei, ein ehrlicher und gutherziger
Kaufmann, der von seinen edelsten Charakterzügen kein
Aufhebens mache.

Auch Witwen und Waisen solle man bei passender Gelegenheit unter die Arme greifen. Hier sei ebenfalls dafür zu
sorgen, dass man die Almosen feinfühlig und ohne Brim-
borium übergebe, etwa in ein Wolltuch eingewickelt und
gleichsam beiläufig, aber immer darauf bedacht, dass die
Übergabe des Geschenks von den Klatschweibern auch be-
merkt werde.

Antti prägte sich die Lehren des Vaters genau ein. Er beschloss, später als Erwachsener dessen krumme Leitlinien
zu befolgen. Indem man den Armen half, öffnete sich die
Tür zu eigenem Reichtum.

Um eventuelle letzte Zweifel des heranwachsenden Sohnes an der Ehrbarkeit des Berufes auszuräumen, verglich
Tuomas Kokkoluoto die Kaufleute mit Pastoren. Wo die
Pastoren ihre religiöse Freudenbotschaft in den Kirchen
verkündeten, plauderten die Kaufleute mit den Kunden
in ihren Läden. In der Kirche werde nach dem Sünden-
bekenntnis das Abendmahl verteilt, beim Kaufmann im
Laden bekämen die Kunden jedoch viel mehr: Fleisch,
Fisch, Brot und allerlei Haushaltswaren, auch Stiefel, Kleidung, ein Kummet oder bei Bedarf sogar ein Pferd mit

Schlitten und Wagen und allem. Die Kirchen der Kaufleute seien außer den Läden auch Lagerräume und Märkte, wo sie irdische Güter an alle Interessenten verteilten, allerdings zu einem entsprechenden Preis.

Ein gewöhnlicher Pastor entspreche ungefähr einem kleinen Ladenschwengel, aber ein selbstständiger Kaufmann sei durchaus mit einem Probst zu vergleichen. Der Bischof und der Kommerzienrat stellten den Adel in ihrer jeweiligen Branche, ganz zu schweigen vom Erzbischof, der ebenso viel Autorität und oftmals auch irdische Güter besitze wie jener Industrielle, der sich den Titel und die Würde des Bergrates gekauft habe. Der eine pflüge den geistigen Acker, der andere den irdischen. In den Kirchenbänken werde die Kollekte gesammelt, und ebenso hielten es die Kaufleute. Da man aber aus einem Laden mehr irdische Güter mitnehme als nur einen Schluck Abendmahlswein, sei auch die Rechnung entsprechend höher, aber ihre Zahlung ebenso freiwillig wie die Kollekte. Das Arbeitsgerät des Pastors sei die Bibel, das des Kaufmanns Ladenkasse und Portemonnaie.

Tuomas und Antti Kokkoluoto dehnten ihre Einkaufstour bis nach Kuopio aus und grasten zahlreiche Zwangsversteigerungen in Savo ab und auf der Rückreise noch weitere in Mittelfinnland. Aus pädagogischen Gründen ließ der Vater seinen Sohn fast selbstständig agieren, und so war Antti als Geschäftsmann schon fast so gut wie sein Vater.

Von Mittelfinnland fuhren sie nach Ylivieska, wo der Vater in den Zug stieg und den Sohn mit dem Auftrag zurückließ, ein paar kleinere Geschäfte im Ort und in der Nachbarschaft zu tätigen. Antti sollte den Linienbus benutzen, um von einem Bezirk in den anderen zu gelangen, oder er sollte zu Fuß gehen. In einer Woche würde der Vater ihn mit Pferd und Wagen in Kaustinen, oder wo immer er sich gerade befand, abholen. Einfach per Telefon eine Nachricht nach Hause, und die Sache würde ihren Gang gehen, die Waren könnte man dann mit dem Pferdefuhrwerk gleich ins heimische Lager schaffen.

In Sievi kaufte Antti auf der Versteigerung des Inventars einer bankrotten Molkerei hundertzwanzig Milchkannen für jeweils zwanzig Liter Inhalt. Er plante, die Kannen an Robbenfänger und Lachsfischer als Salzfässer zu verkaufen, denn für diesen Zweck eigneten sie sich seiner Meinung nach besser als Holzfässer. Sie würden nicht lecken und nicht morsch werden. Auch zu Butterfässern könnten sie umgearbeitet werden, schließlich stammten sie aus einer Molkerei. Bei geeignetem Wetter sollten sie später aus dem Lager der Molkerei abgeholt werden.

Im Hinterland von Toholampi erwarb er einen verschulde-ten kleinen Bauernhof. Dazu gehörten nur vierzig Hektar vollständig abgeholzter Nutzwald und etwa fünf Hektar schlecht gedüngte Ackerfläche. Im Kuhstall muhten vier magere Kühe, und im Pferdestall stand eine Stute mit ihrem halbwüchsigen Fohlen. Die verarmte Familie, die Mutter, der betrunkene Vater und fünf barfüßige Kinder, hatte sich bei der Auktion unter das Publikum gemischt, um sich von ihrem wenigen wertlosen Inventar zu verabschieden, von ein paar ramponierten Stühlen, einem wackeligen Tisch, rostigen Schüsseln mit abblätterndem Emaille und einem stinkenden Haufen Lumpen.

Nach der Versteigerung ging Antti mit der verweinten Bäuerin hinter das Haus und erklärte ihr, dass die Familie das Inventar wieder in die Kate zurücktragen könne. Auch die Kühe würde er nicht mitnehmen. Die Familie könne vorläufig im Haus wohnen bleiben, zumindest so lange, bis die Krise abflaue. Nur die Stute mit dem Fohlen würde den Hof verlassen. Antti sorgte dafür, dass die Teilnehmer auf der Versteigerung seine edle Geste bemerkten. So hatte es ihn der Vater schließlich gelehrt. Die verweinte magere Bäuerin und ihr betrübter Mann dankten dem gnädigen Burschen und wünschten ihm Gottes Segen. Sie mussten also doch nicht betteln gehen, ihre Kinder würden nicht auf andere Familien verteilt, und sie selbst kämen nicht ins Armenhaus.

»Jesus beschütze dich«, hallte der heisere Ruf des betrunkenen Familienvaters hinter Antti her, als der mit seinem neu erworbenen Gaul auf der öden Landstraße davonritt. Das Fohlen lief hinterher und wieherte fröhlich, auch wenn die Stimmung ansonsten trübe war.

Gegen Abend traf Antti in Kokkola ein. Als er das neu erworbene Pferd samt Fohlen vor der Ladentür festband, machte er sich ein wenig Sorgen, wie er zu Hause wohl empfangen werden würde. Hatte er zu große Geschäfte getätigt? Ein ganzer heruntergekommener Bauernhof mit Vieh und allem Drum und Dran, und dann noch mehr als hundert Milchkannen ...

Die Angst war unbegründet. Antti wurde empfangen wie ein Held, der in der Welt Erfolg gehabt hat. Die Mutter, der Vater und sämtliche älteren Geschwister bewunderten den vor Zufriedenheit erröteten Burschen, der draußen in der Fremde so großartig zurechtgekommen war, noch dazu ganz allein! Wie viele andere Bengel seines Alters wären schon in der Lage gewesen, so vorteilhafte Geschäfte zu tätigen! Besondere Begeisterung weckte das tänzelnde Fohlen.

Als sich die Wiedersehensfreude gelegt hatte, stellte Mutter Hanna Überlegungen an, was mit den Milchkannen geschehen sollte, wo sie gelagert werden könnten und ob sich dafür ein anständiger Preis erzielen ließe. Nach Vater Tuomas' Meinung würden sich die Kannen gut verkaufen lassen, wenn nicht woanders, dann in Estland, wo ein genereller Mangel an Metallwaren herrschte und wo sich ein guter Preis erzielen ließe. Und warum sollte man nicht auch Butterfässer daraus machen! Reiche Warenbestände hätten einen Kaufmann noch nie in Verlegenheit gebracht.

Das Fohlen wollte Tuomas behalten. Es sollte sein neues Pferd werden, wenn es groß war, denn es hatte eindeutig gute Anlagen. Die magere Stute hingegen mochte er nicht in seinem Stall haben. Dort war auch gar kein Platz für ein zweites Pferd. Auch Hanna fand, dass die früheren Besitzer auf dem heruntergekommenen Hof den Gaul zurückerhalten sollten, schließlich könnten die armen Menschen dort ohne Pferd gar nicht überleben. Doch zunächst wurde die Stute gut gefüttert, und dann durfte sie über Nacht bei ihrem Fohlen im Warenlager bleiben.

Am nächsten Tag fuhren Mutter und Sohn zweispännig ins Dorf Oikemus, wo sie die Stute ihren früheren Besitzern übergaben. Dann zuckelten sie noch nach Sievi und luden drei Milchkannen auf den Wagen, bevor sie wieder nach Hause zurückkehrten.

9 Der private Schießstand

In Scharen zogen die Arbeitslosen durchs Land und suchten verzweifelt nach Gelegenheitsarbeit. Manche mussten schwer schuften und bekamen dafür nur freie Verpflegung. Es war die pure Sklaverei. Die gesellschaftlichen Gegensätze spitzten sich zu, und obwohl erst gut zehn Jahre seit dem blutigen Bürgerkrieg vergangen waren, befand sich das Land erneut in derselben schrecklichen Situation: Rechte und Linke standen sich unversöhnlich gegenüber.

Tuomas Kokkoluoto war während der gesamten Zeit des Notstands mit seinem Sohn durchs Land gereist und hatte Dreschmaschinen und Branntwein verkauft und auf Zwangsversteigerungen zu einem Spottpreis die Bauernhöfe und anderen Besitz der verschuldeten Menschen erworben. Und so war er Ende der 1930er-Jahre bereits ein reicher Mann. Immer häufiger wandte man sich mit der Bitte um Unterstützung an ihn. Den Allerelendsten half er tatsächlich, viele schutzlose Waisen, Mägde und Witwen zum Beispiel bekamen von ihm Geld und Essen. Auch für Reparaturarbeiten am örtlichen Gewerkschaftshaus und für das Hausmeistergehalt steuerte er Mittel bei. Man hatte auch nicht vergessen, dass Tuomas die Überführung der Leichen der im Bürgerkrieg gefallenen Brüder Jaakkola bezahlt und dafür gesorgt hatte, dass sie im Heimatort begraben werden konnten. Viele hielten ihn inzwischen für einen Kommunisten, obwohl er doch ein bürgerlicher Kaufmann war. Als dann im Sommer 1930 ein großer Bauernmarsch nach Helsinki organisiert wurde, wollten die Schwarzhemden von der reaktionären Lapua-Bewegung Tuomas auf die Probe stellen und fragten aus purer Bosheit an, ob der reiche Kokkoluoto Geld für ihre Marschkasse spendieren würde.

Tuomas gab für die besagte Aktion keinen Pfennig. Seiner Meinung nach stand es weder den Lapua-Leuten noch anderen Fäusteschwingern zu, in der Hauptstadt der legalen Obrigkeit zu drohen. Außerdem hatten die dicken Großbauern selbst genug Geld, ihren blödsinnigen Ausflug zu finanzieren. Das reichte. Tuomas wurde mit Morddrohungen überhäuft. Oskari Pihlaja, Hannas früherer Lehrerkollege, erschien höchstpersönlich, um ganz offen anzukündigen, dass Kokkoluoto, wenn er so weitermache, sein Leben und damit auch sein Geld aufs Spiel setze.

Tuomas holte sein Robbengewehr und jagte den Lehrer mit einem krachenden Schuss davon. Pihlaja schrie mit erhobenen Fäusten, dass er dafür sorgen werde, dass dieser Betreiber eines Kommunistenladens am eigenen Leib die Rache der weißen Vaterlandsverteidiger zu spüren bekomme. Man lebe schließlich in Zeiten, da sich nicht mal ein Reicher einfach mit einem Schuss aus dem Robbengewehr freikaufen könnte.

Als die Drohungen im Laufe der Wochen und Monate immer handfester wurden, schlug Hanna vor, dass Tuomas irgendwo Schutz suchen sollte, er könnte etwa nach Amerika reisen oder zumindest für die Wintersaison nach Umeå oder Skellefteå zum Fischen fahren. An der schwedi-

68

schen Küste könnte er im Frühjahr Robben fangen, dann würde Antti ihn begleiten, und vielleicht hätte auch Linnea Lust aufs dortige Robbenrevier. Die Schwarzhemden hätten behauptet, dass Linnea Lindeman eine Kommunistin wäre, und das bedeutete, dass auch ihr Häuschen plötzlich bei strengem Frost in Flammen aufgehen könnte.

Tuomas war jedoch nicht bereit, nach Amerika oder auch nur nach Schweden zu flüchten. In New York und sogar in Umeå gab es auch ohne ihn genug Gemischtwarenläden. Er beschloss, sich ganz auf sich selbst zu verlassen, und erklärte Hanna, dass er nicht beabsichtige, Reißaus zu nehmen. Die Zeiten, in denen die Lapua-Bewegung Leute aus ihrem Haus geholt und verprügelt hatte, waren allmählich vorbei. Ihr brennendster Eifer war abgeflaut, die Drohgebärden hatten sich abgeschwächt. Tuomas besaß ein gut funktionierendes Robbengewehr und außerdem zwei Mauserpistolen, in Deutschland hergestellte Automatikwaffen. Er beschloss, Antti im Schusswaffengebrauch zu unterweisen, sodass in seiner Abwesenheit im Laden immer jemand wäre, der schießen konnte. Auch Linnea wollte er an den Waffen unterrichten, falls sie es wünschte.

Noch im selben Herbst gründete er einen privaten Schießstand, und zwar am Strand Sannanranta, ein paar Kilometer nordwestlich vor Kokkola. Es war ein weites, flaches Gelände am Meeresufer, wo man zur Not auch mit Kanonen Schießübungen hätte machen können. Tuomas veranstaltete fortan jeden Sonntag ein Schießen, so wie seinerzeit die Schutzkorps. Er spannte zusammen mit Antti den inzwischen schon betagten Galopp an, dann holten sie Linnea in Ykspihlaja ab und fuhren hinaus. Im Wagen lag außer den Waffen und Patronen eine leere Milchkanne, die als Zielscheibe diente. Hanna gab ihnen außer warmen Decken einen tüchtigen Korb voll schmackhaftem Proviant mit: geräucherter Strömling und Graved Lachs, Lammfleisch, Käse und frisches Brot.

Die Robbenflinte Lebel modèle war eine präzise Waffe und funktionierte störungsfrei. Im Bedarfsfall konnte ein unerschrockener Mann, oder warum nicht auch eine Frau wie Linnea, sich und seine Familie mit einer robusten Waffe wie der Lebel sehr gut verteidigen. Tuomas hatte vorsorglich mehr als zweihundert Patronen für seine Robbenflinte besorgt. Sollten die Lapua-Leute nur kommen und in Tötungsabsicht an seine Tür klopfen.

Antti erwies sich als zielsicherer Schütze. Linnea hatte ihr Leben lang mit ihrer Flinte, einer bereits im neunzehnten Jahrhundert hergestellten Enfield, auf Robben geballert. Die Waffe war jedoch einfach zu altmodisch. Sie hatte kein Magazin, und man konnte nur ein paar Schüsse in der Minute abfeuern. Um einen Menschen zu töten, war sie zu langsam, auch wenn sich damit nach wie vor problemlos eine Robbe erlegen ließ.

In diesem Winter lernten sowohl Antti als auch Linnea zusätzlich mit der Mauser umzugehen. Tuomas schenkte Linnea eine der beiden Pistolen, die andere behielt er selbst.

Den ganzen Herbst und Winter hindurch ballerten Tuomas, Antti und Linnea mit ihren Waffen auf die dickbäuchige Milchkanne. Wenn eine Kugel sie seitlich streifte, hörte man ein scharfes metallisches Geräusch, wenn aber die Kugel genau in die Mitte traf, durchdrang sie das Metall. An dem weicheren Ton konnte man sofort erkennen, dass man ins Ziel getroffen hatte. Oftmals kamen am Sonntag nach dem Gottesdienst ein paar Männer vom Schutzkorps zum selben Strandabschnitt, um ebenfalls Schießübungen zu veranstalten. Sie benutzten russische Gewehre und als Zielscheiben sogenannte Pappkameraden. Auch sie schossen durchaus präzise.

Die Schutzkorpsleute wunderten sich über den Einsatz einer Milchkanne als Zielscheibe. Tuomas und Linnea erklärten, dass sie die Kanne an einen dickbäuchigen Ausbeuter-Bauern erinnere. Wenn man sie träfe, könnte man sicher sein, dass die Kugel auch im Ernstfall das Ziel nicht verfehlen würde.

Als Chef der Schutzkorpsleute trat Ruben Leppänen auf, Werkmeister in der Lederfabrik, ein regional bekannter Ringer und Jäger. Er trug Stiefelhosen und eine Lederjacke, darunter ein schwarzes Hemd und eine blaue Krawatte. Er war vaterländisch eingestellt und in der Wahl der Mittel nicht zimperlich, wenn es galt, seine Gesinnung zu verteidigen. Mitten an einem Feiertag mochte er das Trio der Kokkoluotos aber dann doch nicht beschießen, zumal alle Personen scharfe Waffen in der Hand hielten. Im Übrigen ärgerte ihn, dass die Frau aus dreihundert Metern Entfernung die Milchkanne traf, sodass die Patrone das Blech durchdrang und mit platt gedrückter Spitze innen aufschlug. Der Bengel traf ebenso genau. Der Kaufmann selbst schoss mit der Pistole aus hundert Metern Entfernung der Milchkanne den Henkel ab. Kommunisten, die so gut zielten, forderte man besser nicht zum Feuergefecht heraus, und außerdem war es neuerdings sowieso verboten, Menschen zu erschießen. Dennoch verkündete er seinen Leuten, dass über kurz oder lang diese Kugelspiele gerächt würden.

Die Leute im Ort zerfetzten sich die Mäuler darüber, dass der kriegerische Kokkoluoto ein Schießlager für Frauen und Kinder veranstalte. Sie hielten den Kaufmann für eigensinnig und überheblich, behaupteten, dass er Reservisten für den Fall ausbilde, dass die Schwarzhemden kommen würden, um ihn abzuholen. Tuomas versuchte in keiner Weise, diesen Gerüchten entgegenzutreten, sondern prahlte im Laden sogar damit, dass er zwischen den Pferdegeschirren auch noch ein Maschinengewehr gelagert habe. Es sei geladen und so ausgerichtet, dass es den ganzen Markt beschießen könne. Linnea wiederum sei in der Lage, mit ihrer Robbenflinte notfalls mit verbundenen Augen das Seil des Hafenkrans zu zerschießen. Und Antti habe seinen Worten zufolge eine so sichere Hand, dass er eine Robbe in fünfhundert Metern Entfernung und einen ganzen Trupp Weißer in einem Kilometer Entfernung töten könne.

10   Der Pferdeaufstand von Nivala

Galopp, das Pferd der Kokkoluotos, war zu Beginn der Dreißigerjahre bereits alt, und weite Dienstfahrten waren für Tuomas ziemlich zeitaufwendig. Inzwischen war das Fohlen, das Antti in Toholampi gekauft hatte, zu einem tüchtigen, flinken Pferd herangewachsen. Im Sommer 1932 beschloss Tuomas, seinen alten und bereits klapperigen Gaul gegen dieses jüngere und schnellere Pferd einzutauschen.

Ein Pferdehalter und sein Pferd sind gute Freunde, sodass es im Allgemeinen nicht zur Diskussion steht, den alternden Gaul zu schlachten. Ein Kaufmann braucht bei seiner Arbeit jedoch ein tüchtiges Gespann, und so beschloss Tuomas, Galopp zu verkaufen. Er wollte dafür sorgen, dass das Tier nicht irgendwelchen Gaunern in die Hände fiele, sondern auf einem Bauernhof in Ostbottnien eine ruhige und angenehme Stellung als Arbeitspferd fände. In dieser Absicht fuhr er also gemeinsam mit Antti zweispännig durch die Provinz. Antti hatte das Pferd, das er gekauft hatte, Fix genannt, und dieser Name passte ausgezeichnet, denn es war ein schneller und ausdauernder Traber.

In der langen Zeit des Notstands waren in vielen Ortschaften die Pferde völlig ausgehungert. Sie litten an Auszehrung, und das schwächte die armen Tiere und machte sie völlig elend. Besonders schlimm war die Situation in Nivala. In dem früher so berühmten Pferdedorf gab es kaum noch tüchtige Arbeitspferde und keinen einzigen Traber wie Fix.

Vater und Sohn trafen im Juni zur schönsten Sommerzeit dort ein. Galopp hatten sie schnell verkauft, denn er war zwar alt, hatte aber genügend Futter bekommen und war in guter Verfassung. Zaumzeug und Wagen gingen gleich mit weg.

Das Wetter war freundlich, aber die Atmosphäre düster. Der Jägermajor und Tierarzt Kaarlo Engelvuori hatte versucht, ein Mittel gegen die Auszehrung zu finden, die die Pferde des Ortes plagte. Ihm war aber nichts Besseres eingefallen, als die Bauern anzuweisen, die kranken Tiere zu töten. Und dieses Urteil wurde auch über die Stute Hilppa von Bauer Sigfrid Ruuttunen gesprochen. Engelvuori hatte entschieden, dass Ruuttunens abgemagerter Gaul geschlachtet und das Fleisch tief in der Erde vergraben werden sollte. Also einfach weg mit der gutmütigen Stute, die ihrem Herrn so lange Zeit gedient hatte.

Die Zwangsschlachtungen stießen bei den verbitterten Bauern auf erheblichen Widerstand. Sie konnten nicht begreifen, dass die Gesellschaft ihnen nichts weiter zu bieten hatte als die Anweisung, ihren wertvollsten Besitz, ihre Pferde, zu vernichten. Tuomas und Antti Kokkoluoto, die mitten in diese gereizte Stimmung hineinkamen, erklärten sich bereit, Ruuttunens Stute zu kaufen und aufzupäppeln. Der Vorschlag kam zu spät, denn inzwischen waren die Bauern so aufgebracht, dass an eine Versöhnung nicht mehr zu denken war. Ruuttunen bot an, sein Pferd persönlich zu töten, aber Hunderte anderer Bauern verlangten, dass er Engelvuoris schnöde Anweisung missachten sollte. So sah sich denn die Polizei von Nivala gezwungen, gegen Ruuttunen ein Bußgeld wegen renitenten Verhaltens zu verhängen, und da der arme Bauer kein Geld zum Bezahlen hatte, sollte er die Strafe im Ouluer Gefängnis absitzen. Tuomas Kokkoluoto hätte das Bußgeld bezahlt, aber inzwischen hatten sich auf dem Bahnhof von Nivala schon Hunderte wütender Bauern versammelt, um Ruuttunen das Geleit zu geben, sodass sich zum Bezahlen keine Gelegenheit mehr bot. Tuomas und Antti waren als unschuldige Außenstehende in den sonderbaren Pferdeaufstand mit hineingezogen worden, der bald in einen Krawall umschlug.

Berthel Vahlgren, der grimmige Landpolizeikommissar von Nivala, versuchte zusammen mit ein paar Konstablern die Ordnung auf dem Bahnhof aufrechtzuerhalten. Das hatte lediglich zur Folge, dass die Staatsmacht gründlich verprügelt wurde und der Kommissar auch gleich noch für sein früheres brutales Vorgehen büßen musste. Ihm blieb nichts anderes übrig, als eilig die Armee herbeizurufen. Zwei, drei Stunden später kam eine Lok in den Bahnhof gefaucht, hinter ihr Viehwaggons mit einer Kompanie Soldaten. Befehligt wurden sie von Hauptmann Nils Pärm, im Volksmund Pärms Nikke genannt, der als etwas beschränkt galt und außerdem schlecht Finnisch sprach. Er befahl den Soldaten in ihren Waggons, die Maschinengewehre schussbereit zu machen, die Patronengürtel anzulegen und direkt in die Menschenmenge zu zielen. Erst jetzt verließen die erregten Bauern den Bahnhof. Sie zogen sich etwa drei Kilometer zurück, auf ein Gehöft in Kuoppala. Antti forderte seinen Vater auf, ebenfalls den Bahnhof zu verlassen. Er selbst wollte zu Pärm gehen, um ihn zur Vernunft zu bringen. Antti rechnete sich aus, dass man ihn, jung wie er war, nicht töten würde, jedenfalls nicht sofort. Es bestand kein Grund, auf unbewaffnete Männer aus dem Volk zu schießen, der Aufruhr hatte sich bereits gelegt, und man würde sich sicherlich friedlich einigen können.

»Los, los«, stammelte der ein wenig nach Schnaps riechende Offizier. »Ihr auch mussen gehen, sonst kommen nach Oulu ins Gefängnis«, drohte er. Das schreckte die Kokkoluotos jedoch nicht, sie forderten vielmehr, dass die Soldaten in ihre Ouluer Kasernen zurückkehrten, damit nicht noch Schlimmeres passierte.

»Ich bezahle Ruuttunens Geldstrafe und füttere die Stute durch, sie muss nicht gleich getötet werden. Ich bin Pferdehalter und verstehe mich darauf, die Tiere auf die Beine zu bringen«, versprach Tuomas.

Die versöhnlichen Worte halfen nicht. Der Hauptmann befahl seinen Soldaten, aus dem Zug auszusteigen, dann setzte er die ganze Kompanie zum drei Kilometer entfernten Kuoppala in Marsch, wo sich die verbitterten Bauern verschanzt hatten. Bewaffnet waren sie mit Äxten und Eisenstangen, einige hatten auch Flinten. Die Übermacht des Militärs war jedoch zu groß für die rebellischen Bauern, sodass sie gezwungen waren, sich zu ergeben. Zweihundert Aufständische wurden unter Militärgeleit wieder zum Bahnhof geführt und anschließend nach Oulu abtransportiert. Tuomas Kokkoluoto wollte mit seinem Fuhrwerk davonfahren, aber das wurde ihm nicht gestattet, auch er musste sich den anderen anschließen. Pärms Nikke sagte, dass auch ein Aufwiegler nicht mit bloßen Worten davonkommt.

»Jeder mussen sich verantworten!«

Tuomas forderte seinen Sohn auf, nach Hause zu fahren und dort zu berichten, was passiert war.

»Nimm du die Zügel in die Hand und kümmere dich um alles.«

Die Aufständischen und Tuomas Kokkoluoto wurden in die Ouluer Kasernen gebracht und in Arrestzellen gesperrt. Weil sie so viele waren, zogen sich die Verhöre in die Länge. Anfangs war es in den Zellen unerträglich, aber nach und nach wurden die Leute nach Hause entlassen. Der Polizeikommissar von Nivala erhob Anklage gegen zahlreiche Personen, und auch Tuomas kam nicht ohne Geldstrafe davon. Es nützte ihm nicht, dass er erklärte, als völlig Außenstehender in den ganzen Schlamassel geraten zu sein, ja, dass er sogar versucht habe zu schlichten. Drei Tage lang musste er zusammen mit fünfzig Aufständischen in einer Zelle dahinvegetieren, die für diese vielen Personen einfach zu eng war. Es hatte nicht einmal jeder einen Schlafplatz. Die Männer lagen auf dem Steinfußboden und in den Etagenbetten und versuchten, umschichtig zu schlafen. Während die einen lagen, standen die anderen für einige Stunden, dann wurde gewechselt. Essen gab es immerhin, kalte Fischsuppe und lauwarmes Wasser.

Allmählich leerte sich die Zelle, als die Abgestraften nach Hause entlassen wurden. Tuomas Kokkoluoto kam jedoch nicht frei. Am vierten Tag erschien in der Kaserne seine Frau Hanna, schöner denn je, begleitet von Antti und Linnea Lindeman. Tuomas wurde aus der stinkenden Zelle geholt. Es ging zum Verhör, wo Hanna in drohendem Ton erklärte, dass sie gegen Hauptmann Nils Pärm und Polizeikommissar Bertel Vahlgren Anzeige erstatten werde, weil sie ihren Mann völlig grundlos verhaftet hätten. Linnea starrte den verlegenen Männern scharf in die Augen und versprach dafür zu sorgen, dass sie geradewegs in die Hölle kämen, falls Recht und Ordnung nicht wiederhergestellt würden, in Nivala wie auch in Oulu. Linnea genoss auch hier den Ruf einer Hexe, und Hauptmann Nils Pärm versuchte seine Haut zu retten, indem er seinerseits Frieden zu stiften versuchte:

»Nu, gnädige Damen, hier nix mehr Gefängnis, Aktion ist beendet und Sie kann alle gehen.«

Bei dem Pferdeaufstand wurden Hunderte Männer zu Geldstrafen verurteilt, und acht Anführer der Bewegung zu je zwei Jahren Gefängnis. Präsident Svinhufvud begnadigte sie jedoch nach einem Jahr.

Die Stute Hilppa lebte noch etliche Jahre. Sie kam wieder zu Kräften, nachdem Tuomas zehn Säcke Korn in Sigfrid Ruuttunens Scheune gebracht hatte.

11 Die Schwarzhemden bauen Mist

Hanna hatte es sich zur Gewohnheit gemacht, gegen Ende des Sommers mit den Kindern zu Linnea Lindeman zu fahren, um dort Urlaub zu machen. Normalerweise blieben sie eine Woche. Die Frauen ruderten mit den Kindern auf dem Meer, kochten fette Fischgerichte, sonnten sich und tratschten.

Der August 1932 war selten schön. Tuomas und Antti blieben zu Hause und kümmerten sich um den Laden. Auch der Junge hätte zu Linnea mitfahren können, aber sein Vater war der Meinung, dass er in der Stadt gebraucht wurde. Antti war bereits vierzehn, und sein Vater fand, dass er nicht mehr ausgerechnet mitten im Sommer Urlaub machen müsste.

Lehrer Oskari Pihlaja, inzwischen Rentner, erschien wegen ein paar kleiner Besorgungen im Laden, sowie die Urlauber auf dem Bahnhof von Kokkola verabschiedet worden waren. Er trug Lederhosen, ein schwarzes Hemd, und um den Hals hatte er sich eine dunkelblaue Krawatte geknüpft. Er war stolz auf diese Lapua-Kluft und wirkte überhaupt nicht wie ein alter Mann. Er pflegte in strammer Haltung durch die Stadt zu gehen und mit den entgegenkommenden Passanten zu reden, als wäre er ein einflussreicher Beschützer des Pöbels. Freigiebig verteilte er patriotische Ratschläge,

79

vor allem an die Jugend. Oftmals machte er darauf aufmerksam, dass in Tuomas Kokkoluotos Laden heimlich
eine Revolution vorbereitet werde. Die Schießübungen,
die Tuomas veranstaltete, wiesen in den Augen des Lehrers
deutlich darauf hin.

Eines Tages war Oskari wieder unterwegs. Er kaufte im
Laden eine Tüte Graupen und fragte dann, ob der Kaufmann gedachte, sich in diesem Spätsommer in der Stadt
aufzuhalten oder ob Geschäftsreisen geplant waren. Tuomas erklärte, dass er keinen Grund sah zu verreisen. Auch
der Pferdeaufstand von Nivala war inzwischen beendet.
»Manchmal ergeben sich ja überraschend Reisen, lange
Reisen sogar«, äußerte der Lehrer und bemühte sich um
einen kecken, humorvollen Ton. Er bezahlte seine Graupen
und ging.
In den frühen Morgenstunden des nächsten Tages kehrte
Oskari Pihlaja zum Laden zurück, dieses Mal in Begleitung
des stämmigen Werkmeisters Ruben Leppänen. Ruben
besaß einen prachtvollen Pkw der Marke Studebaker, auf
dessen Rückbank ein aufgerolltes Seil und Manilasäcke lagerten. Leppänen, Werkmeister in der Lederfabrik Hagström und Vizevorsitzender des Jagdvereins von Kokkola,
war ein dreißigjähriger, großspuriger Kerl. Frech parkte er
sein schickes Auto direkt vor dem Laden, schaltete den Motor aus und zog die Pistole aus der Brusttasche. Die Männer
trommelten mit den Fäusten an die Ladentür und forderten
Tuomas Kokkoluoto auf, herauszukommen. Es war kurz
nach zwei Uhr. Ahnungsvolle Dunkelheit herrschte in der
stillen Kleinstadt.
Der schläfrige Kaufmann zog sich an und kam aus dem

Obergeschoss herunter und fluchte darüber, dass man ihn in der Nacht weckte. War Pihlaja etwa unter die Säufer gegangen und brauchte mitten in der Nacht Schnaps? Den verkaufte Tuomas jedoch nie zu Hause oder in seinem Laden. Was den Schnaps betraf, war er Grossist und verkaufte seine Kanister direkt aus der Dreschmaschine.

Draußen auf der Treppe warf Lehrer Pihlaja Tuomas einen Sack über den Kopf und gleichzeitig drehte Leppänen dem verdutzten Kaufmann die Arme auf den Rücken, dann stieß er den schlaftrunkenen Mann unsanft auf die Rückbank des Studebaker. Der Ringer band seinem Opfer Hände und Füße so fest zusammen, dass es sich nicht rühren konnte. Auch Antti kam aus dem Haus gerannt, er hatte sich rasch Hose und Stiefel angezogen und schrie, dass die Männer seinen Vater loslassen sollten. Oskari prüfte, ob die Seile hielten, während Leppänen den Wagen startete.

»Du müsstest doch eigentlich in Ykspihlaja bei der übrigen roten Brut sein«, äußerte Leppänen erstaunt beim Erscheinen des Jungen. »Geh wieder schlafen, wir unternehmen mit deinem Vater nur eine kleine Geschäftsreise. Wir fahren ins Ausland. Es ist alles in Ordnung.«

Antti riss die Hecktür des Wagens auf und versuchte seinen Vater gewaltsam zu befreien, aber Oskari Pihlaja drosch dem Jungen die Faust ins Gesicht und schnauzte:

»Soll er mitkommen, wir haben keine Zeit, uns mit Grünschnäbeln abzugeben. Dann landet er auch gleich im roten russischen Paradies.«

Leppänen fuhr auf die Landstraße in Richtung Jyväskylä. Tuomas ächzte gequält unter dem Sack. Er klagte nicht, konnte es gar nicht, denn er bekam kaum Luft. Nach einer halben Stunde Fahrt stöhnte er endlich, dass es nicht nötig sei, ihn zu ersticken. Er habe die Entführer ja sowieso gesehen. Oskari Pihlaja musste ihm in diesem Punkt recht geben, und so befreite er den Kaufmann aus der qualvollen Situation. Tuomas holte tief Luft und sah Oskari dann verächtlich in die Augen. Er fragte verwundert, ob der beschränkte Lehrer endgültig den Verstand verloren habe. Weshalb in aller Welt hatten Leppänen und Pihlaja ihn gekidnappt? Wohin waren sie unterwegs? Warum war der unschuldige Antti mit entführt worden?

Oskari Pihlaja wurde verlegen. Es schien, als würde er die ganze Aktion kurz bereuen, obwohl sie ja gerade erst begonnen hatte. Dann redete er mit vor Anspannung zitternder Stimme pathetisch davon, dass die teure Sache des unabhängigen Finnland Opfer verlangte.

»Red keinen Mist.«

Oskari Pihlaja hob die Stimme und versuchte glaubhaft zu machen, wie traurig es gewesen war, mit ansehen zu müssen, wie der früher so zuverlässige und geachtete Kaufmann in den letzten Jahren der schmutzigen Ideologie des Kommunismus verfallen war.

Die Nacht war klar, und die Fahrt hätte durchaus romantisch sein können, wäre ihr Anlass nicht so todernst gewesen. Als sie Isonkyrö erreichten, begann die Morgendämmerung schon die Dunkelheit der Nacht zu verdrängen. Zwei Elche sprangen über die Landstraße, aufgeschreckt durch das Motorengebrumm des Studebaker, der mit hundert Stundenkilometern gen Osten brauste.

Leppänen und Pihlaja faselten von ihrer patriotischen Gesinnung, versuchten ihre Tat irgendwie zu rechtfertigen. Pihlaja erklärte, dass seine Motive nicht persönlicher Natur seien, sondern dass er mit dieser harten Maßnahme dem allgemeinen Wohle des finnischen Volkes diene, das die Kommunisten mit ihren revolutionären Umtrieben gefährdeten. Es sei besser, die Roten über die Grenze in die große und mächtige Sowjetunion zu schaffen, sodass sie der gesunden finnischen Gesellschaft keinen Schaden mehr zufügen konnten.

»Wir sind gerechte Männer, wir sind in gewisser Weise die Hüter unseres eigenen Gesetzes, und dieses Gesetz ist das Wohl des Vaterlandes. Alles für Finnland«, bekräftigte Pihlaja.

»Ich muss pissen«, äußerte Leppänen, als sie sich zwischen Seinäjoki und Ähtäri befanden. Die Landschaft bestand aus Ödwald. Leppänen hielt an. Die Männer traten an den Straßenrand und erleichterten sich. Plötzlich entdeckte Leppänen zwei fette Auerhennen, die über die Straße trippelten. Sein Jagdinstinkt erwachte, er zückte seine Pistole und verfolgte die Hennen in den Wald. Pihlaja folgte seinem Gefährten. Dann verließ auch Antti die Landstraße. Er griff sich einen faustgroßen Stein und schlug damit dem vor ihm laufenden Pihlaja in den Nacken, sodass er bewusstlos ins Moos fiel. Antti nahm die Pistole des Lehrers an sich, kehrte rasch auf die Straße zurück, sprang ins Auto und befreite Hände und Füße seines Vaters von den Fesseln. Tuomas reckte die tauben Gliedmaßen. Antti wiederum rannte in den Wald zurück, auf den Spuren der Entführer. Bald schon fand er den Lehrer, der sich den Kopf hielt und langsam wieder zu Bewusstsein kam. Weiter vorn waren Schüsse zu hören, dort machte Leppänen Jagd auf die Auerhennen. Bald darauf kam er Antti mit einer der Hennen entgegengestapft. Groß war seine Verwirrung, als er statt auf seinen Kumpanen auf den jungen Kokkoluoto traf. Viel

Zeit zum Wundern blieb ihm allerdings nicht, denn Antti nahm ihn kurz entschlossen fest, annektierte seine Waffen, Pistole und Dolch, und führte ihn und den Lehrer zur Straße. Er nahm auch die Henne mit, die Leppänen geschossen hatte und die bei dem Handgemenge ins Moos gefallen war.

Tuomas und Antti Kokkoluoto fesselten nun ihrerseits die Entführer mit den Seilen und stülpten beiden sicherheitshalber Säcke über den Kopf. Tuomas startete den Studebaker, folgte eine Weile der Landstraße, bis er einen geeigneten Abzweig fand, auf dem er wenden konnte, dann fuhr er zurück in Richtung Kokkola.

»Kehren wir in den Westen zurück, denn euch in die große Sowjetunion zu bringen, dürfte keine gute Idee sein«, sinnierte er laut und fuhr in zügigem Tempo auf demselben Weg zurück, den sie gekommen waren. Die Sonne war bereits aufgegangen, als sie wieder in der Heimatstadt anlangten. Unterwegs schwiegen sowohl Pihlaja als auch Leppänen. Sie hatten keine patriotischen Gedanken mehr vorzubringen.

Tuomas Kokkoluoto fuhr den Wagen mitten auf den Marktplatz, wo er seine Gefangenen aufforderte auszusteigen und sich auf eine Bank zu setzen. Gemeinsam mit Antti band er sie sicherheitshalber an den Händen zusammen und verkündete dann, dass man sie sicherlich befreien werde, wenn in ein, zwei Stunden das Markttreiben beginne. Die Fischhändler würden gegen sechs Uhr morgens eintreffen. Bis dahin müssten die beiden nun leider gefesselt und mit Säcken auf dem Kopf mitten auf dem Platz ausharren, dagegen sei nichts zu machen.

Die andere Alternative wäre gewesen, zum Polizeirevier zu

fahren und die Entführer an den Diensthabenden zu übergeben. Aber das hier war eine Sache, bei der man auf Beamte mit Verständnis für die Schwarzhemden oder komplizierte Verhöre gut verzichten konnte.

Leppänen erkundigte sich, ob Kokkoluoto seinen Studebaker annektieren würde. Tuomas entwickelte die Idee, den Wagen zu kaufen. Ein Fahrzeug, das für ein Verbrechen benutzt worden war, wurde normalerweise vom Staat konfisziert, auch sämtliche Wagen der bei Razzien erwischten Branntweinschmuggler hatten diesen Weg genommen. Entführung war ein schwereres Verbrechen als Schmuggel, sodass Leppänen wohl einen Handel in Erwägung ziehen sollte.

Leppänen freute sich. Aus dem Inneren des Sackes heraus murmelte er seinen Preisvorschlag. Der entsprach etwa dem, was eine Dreschmaschine samt Branntwein kostete. Tuomas Kokkoluoto fand das Angebot günstig, akzeptierte es mit Dank und kündigte an, gleich in der kommenden Woche die Zahlung zu leisten. Der ganze nächtliche Ausflug könnte dann einfach als Probefahrt betrachtet werden. Bevor Vater und Sohn in den Luxuswagen einstiegen, teilte Antti den sackumhüllten Entführern noch rotzfrech mit:

»Bei uns gibt es heute Abend Auerhennenbraten!«

Pihlaja und Leppänen wurden, aneinander gefesselt, auf dem Marktplatz entdeckt. Es war eine schlimme Demütigung. Fischhändler befreiten sie von ihren Fesseln, und als sie wissen wollten, wie die beiden in diese Situation geraten waren, ließen sich weder Pihlaja noch Leppänen über ihre nächtliche Aktion aus, sondern gingen mit steifen

Gliedern nach Hause. Leppänen erschien noch am selben Tag, wenn auch verspätet, zur Arbeit in der Lederfabrik, aber Oskari lag krank danieder. Man stellte fest, dass er einen Schlaganfall erlitten hatte, sein Zustand verschlechterte sich im Laufe des Herbstes.

Über Ruben Leppänens Entführungsaktion wagte in der Lederfabrik niemand in seiner Anwesenheit zu scherzen. Er war ein durchtrainierter Ringer und präziser Schütze, er hatte das Auge eines Killers und einen kühlen Kopf, so wie alle Schützen. Am Ende war er insgeheim zufrieden, dass er seinen teuren Wagen an Kaufmann Kokkoluoto losgeworden war, noch dazu zu einem recht anständigen Preis. Mit dem Gehalt eines Werkmeisters hätte er den großen Studebaker nicht auf Dauer halten können, sondern wäre am Ende ohnehin gezwungen gewesen, ihn zu verkaufen, und in Zeiten der Krise hätte er für ein Luxusauto nicht viel bekommen.

Antti Kokkoluoto hackte auf Vorschlag seines Vaters einen Wintervorrat an Herdholz für Oskari Pihlajas Haushalt. Oskaris Frau wurde jetzt die Einsame Pihlaja genannt. Sie pflegte ihren Mann liebevoll und erzählte Antti stolz, dass Oskari zeitlebens sehr rührig und besonders in jungen Jahren sehr empfindsam gewesen sei. Der Schlaganfall jedoch hatte das ideologische Feuer des alternden Pensionärs gelöscht.

12   Anttis und Kerttus Verlobung

Mit sechzehn Jahren, im Frühjahr 1934, war Antti bereits
groß wie ein Mann, wenngleich immer noch knabenhaft
schlank. Seine Gesamterscheinung war sehnig männlich,
und als er ein Jahr früher als gewöhnlich den Konfirman-
denunterricht absolvierte, verguckten sich viele Mädchen
in ihn. Antti jedoch liebte nur Kerttu Björkbacka. Die sech-
zehnjährige Fischerstochter wohnte im Schärendorf Öja,
knapp zwei Meilen westlich von Kokkola. Sie war blond,
langbeinig und nach Anttis Meinung und auch der vieler
anderer Menschen hübsch. Sie wirkte auf eine sympathi-
sche und stille Art erwachsen, fast wie eine Frau. Antti
hatte ein Fahrrad bekommen, mit dem er über die kurvigen
Küstenstraßen und neuerdings auch immer häufiger nach
Öja fuhr. Dort war er Kerttu begegnet, und sie ging ihm
nicht mehr aus dem Kopf.
Im Dorf Öja lebten Fischer, die kleine Höfe mit mickrigen
Feldern besaßen. Also arbeiteten sie nebenbei im Hafen
von Ykspihlaja. Sie verfügten über große Boote, die bis zu
zwanzig Mann fassten. Mit diesen Booten ruderten sie von
ihrem Dorf nach Ykspihlaja, um Schiffe zu be- und entladen. Sie sprachen Schwedisch und kamen mit den Leuten
aus Ykspihlaja nicht recht klar, denn die waren finnisch-
sprachig. Manchmal kam es unter den Männern zu Schlä-

gereien, aber im Allgemeinen waren die Öjaer anständige Leute.

Auch Antti verdingte sich im Hafen. Dort herrschte viel Betrieb, denn es war der lebhafteste Umschlagplatz an der Küste. Zu jener Zeit war es nicht ungewöhnlich, dass im Hafen und in den Fabriken Minderjährige arbeiteten, und so war auch Antti nicht zu jung für den Job des Stauers. Zu Hause hätte er den Ladenschwengel mimen können, aber diese Tätigkeit interessierte den fast erwachsenen Burschen nicht mehr. Er wollte echte Männerarbeit leisten und sein eigenes Geld verdienen.

Das Be- und Entladen von Schiffen war harte Arbeit, und wer faul oder nicht kräftig genug war, bewältigte sie nicht. Morgens versammelten sich die Männer am Kai zur Arbeitseinteilung. Die Chefs vergaben die Jobs immer schiffsweise. Die Hafenarbeiter wurden auf vielerlei Weise gedemütigt. Sie wurden beschimpft wie Hunde und mit übelsten Spottnamen belegt. Die Kommandoebene der Schiffe, die Kapitäne und Steuerleute, trieben sie zur Arbeit an, indem sie während der Pausen Schnaps ausgaben. Es ging hart her, und das Arbeitstempo war manchmal absolut irrsinnig. Trotzdem kam Antti gut klar. Beladen wurden die Schiffe zumeist mit Holzware – Balken, Bohlen und Brettern. Da galt es genau aufzupassen, dass die Stapel nicht auseinanderfielen, wenn sie von der Ladefläche der Laster oder aus den Eisenbahnwaggons gehoben, hoch hinauf befördert und punktgenau durch die Luken in den Laderaum der Schiffe versenkt wurden. Die Stauer wurden angebrüllt wie Sklaven:

»Hau-ruck! Tempo, Tempo! Sachte, verdammt! Runter damit!«

Nur selten sah Antti von einem Schiff mehr als den Laderaum. Manchmal kam es immerhin vor, dass der Steuermann nach getaner Arbeit Schnaps ausgab. Die Männer stiegen an Deck, wobei sie vor Müdigkeit schwankten und an der Reling Halt suchten. Dann durften sie einen Blick in die Kombüse werfen, sogar auf die Brücke gehen. Wenn ein Schiff Proviant bunkerte, sahen sie das Vorratslager und die Pantry. Vertraut wurden ihnen natürlich die gängigsten Ausdrücke der Seemannssprache, also Bug oder Vordersteven, steuerbord für die rechte und backbord für die linke Seite sowie Heck oder Achtersteven, wie die Seeleute natürlich außerdem auch das Hinterteil der Schiffshuren nannten. Oft musste Antti mit seiner Truppe Steinkohle in den Heizraum schaufeln. Zum Schluss wurden die Verladeluken mit Planen abgedeckt. Wenn der Tag endete, waren alle schwarz vom Kohlestaub und so todmüde von der Arbeit und den Schnäpsen, dass sie es mit Mühe schafften, in ihr Quartier zu wanken. Antti aber zog sich die Arbeitsklamotten aus, spülte seinen Körper im Meer ab und fuhr zum abendlichen Rendezvous. Dies alles bewältigte der junge Mann, denn in Öja wartete die süße Kerttu, die dort in dem kleinen Häuschen zusammen mit ihren Eltern wohnte. Das Haus war verfallen, aber der Garten blühte.

Um diese Tageszeit war Fischer Björkbacka oftmals schon stockbetrunken und hatte sich auf der Veranda seines Hauses in den Schaukelstuhl geflegelt, hatte die Augen halb geschlossen und der Kopf war auf die Schulter gerutscht, ein Arm lag auf der Lehne, der andere hing schlaff herab. Seine Frau begoss in der Abendkühle die Blumen und begrüßte Antti. Sie war eine kleine Person, scheu und zart, und sie redete nicht viel. Die Leute tratschten über sie, dass sie verrückt sei. Dass sie den Verstand verloren habe, weil ihr Mann, der Trunkenbold, sie jahrelang im Suff verprügelt und auch sonst gequält habe. Kerttu war das jüngste Kind in der Familie, die älteren Geschwister waren bereits ausgezogen.

Die beiden jungen Leute liefen sofort mit glühenden Wangen ans Meer. Antti schob Björkbackas Fischerboot ins Wasser und ruderte zügig zur zwei Meilen entfernten Insel Aspskäret, an deren Südufer die jungen Leute in einer kleinen Bucht ihren heimlichen Lagerplatz hatten. Kerttu breitete eine Decke auf der Wiese aus, und darauf legten sich beide nieder. Antti atmete den wunderbaren Duft des Mädchens ein. Ihre Finger verschränkten sich ineinander. So lagen sie still da, manchmal bis zum Morgen. Ein kühler Windhauch schüttelte die jungen Espen in der Umgebung, vereinzelt schimmerten blasse Sterne am hellen Sommerhimmel. Mit leisen Stimmen begannen die Liebenden ihr gemeinsames Leben zu planen, in ferner Zukunft. Fahler Dunst hing über dem stillen Meer, die Seevögel schliefen. Dem Paar wäre kalt geworden, hätten nicht ihre jungen Körper einander gewärmt. Kerttu erzählte, dass sie eine Ausbildung machen wollte, wenn sie erwachsen wäre. Kinder wollte sie noch nicht bekommen, nicht gleich, und diesen Wunsch musste Antti akzeptieren. Kerttu hatte eine schwache Lunge, und deshalb wagte sie nicht an Kinder zu denken.

In einer warmen Nacht, als die Sonne eben hinter den dunklen Fichtenwäldern aufging, beschlossen die beiden, sich heimlich zu verloben. Die Lippen des Mädchens waren trocken, auf ihren Wangen schimmerten rote Flecken, ihr Atem ging heiß, wie es Antti schien.

In den frühen Morgenstunden ruderte Antti zurück und radelte nach Ykspihlaja, er schlief ein paar Stunden im Gemeinschaftsquartier und brach dann zusammen mit den anderen Hafenarbeitern wieder zur schweren Arbeit auf. Aber als die Woche zu Ende war und der Sonntag kam, kaufte Antti von seinem Lohn Brot, Butter und Schlackwurst und machte sich ein weiteres Mal auf den Weg nach Öja. Meistens war Kerttu sonntags allein zu Hause, denn die Mutter war in die Kirche gegangen und der Vater unterwegs, um zu trinken. Beide würden den ganzen Tag nicht nach Hause kommen. Das Boot war also frei, und frei war der ganze warme sommerliche Tag.

Kerttu und Antti richteten sich auf Aspskäret gemütlich ein. Antti errichtete unter den Bäumen am Rande der Wiese eine dichte Laubhütte, Kerttu zupfte trockenes Gras aus und verstreute es am Boden, darüber breitete sie eine Decke aus. Antti entzündete vor der Hütte ein Lagerfeuer, in dessen Wärme sie den Proviant verzehrten. Antti erzählte bombastische Geschichten von seinem Leben und seinen Fahrten mit Mutter und Vater zu Lande und zu Wasser. Die Branntweintouren verschwieg er, da Kerttus Vater ein hoffnungsloser Säufer war. Kerttu hätte sonst vielleicht den Verdacht gehegt, dass Antti vom selben Kaliber war. Die Zwangsversteigerungen, Pferdekäufe und Schießübungen boten Stoff genug. Besonders farbig malte er die Entführung durch die Lapua-Vertreter aus, die er mit seiner Geistesgegenwart, seinem Mut und seinen Schießkünsten so großartig beendet hatte. Vor Eifer holte er die Mauser seines Vaters aus der Jackentasche. Er prahlte, dass er eine so sichere Hand habe, dass er die Schwanzfeder einer in mehreren Hundert Metern Höhe dahinschwebenden Möwe treffen könne. Zum Beweis schoss er in ein Büschel Rohrkolben am Strand, sodass ein Kolben herunterfiel. Bei Kerttu kamen weder die Waffe noch die Schießerei gut an, sie sagte, dass man weder Vögel noch Pflanzen aus Spaß vernichten sollte. Antti fragte verwundert, ob denn etwa auch die Rohrkolben eine Seele hatten, sodass man nicht auf sie schießen durfte. Kerttu erklärte ihm, dass sogar Steine und Felsen ihren Wert hatten und man sie nicht absichtlich zerschmettern sollte. Beschämt ließ Antti die Pistole wieder in der Jackentasche verschwinden.

Hand in Hand wanderten sie über den Strand und durch das Wäldchen. Kerttu kannte viele Gräser und Blumen, ihre Mutter hatte ihr die Namen beigebracht. Im Wäldchen gediehen üppig Glockenblumen, Moosröschen, Annemonen und Knabenkraut, am Ufer Rohrkolben in dichten Matten und weiter draußen wucherte Schilf. In dem steinigen Streifen zwischen Wiese und Strand blühten gelbe niedrige Strandblumen, Thymian und verschiedene Kräuter. Auf der Wiese wuchs Kamille, deren Blüten fast wie Margeriten aussahen, aber kleiner waren. Kerttu erkannte noch Katzenpfötchen, Schafgarbe und etliche andere Blüten. In Stein- und Felslöchern sahen sie Fetthenne und den herrlichen winzig kleinen blauen Steinbrech.

Kerttu kannte unendlich viele verschiedene schöne Blumen, dafür konnte Antti seinerseits die am Rande des Schilfs dahinschwimmenden Schellenten und Haubentaucher vorstellen. Möwen und Seeschwalben schrien über der Bucht, und manchmal kam vom offenen Wasser her eine stramme Heringsmöwe angeflogen mit einem silbrig glänzenden großen Fisch im Schnabel. Hoch oben in den Wolken schwebte ein Seeadler auf seinen breiten Schwin-

gen. Der war so dreist, wie Antti erzählte, dass er manchmal ein ganzes Lamm mit seinen Krallen packte, oder im
Spätwinter ein Robbenbaby.

13   Der Traum vom eigenen Haus

Den ganzen Sommer über fand Antti nur selten Zeit für einen Besuch daheim in Kokkola. Die Arbeit im Hafen von Ykspihlaja und die Touren nach Öja beanspruchten seine ganze Zeit. Nur wenige Male schaute er zu Hause vorbei. Dann ging er in die Sauna, nahm sich neue Unterwäsche und aß gewaltige Mengen. Ansonsten waren seine Gedanken in Öja, und er träumte von Kerttus Körper. Seine Eltern wollten wissen, was eigentlich in ihn gefahren war. Sie hatten sich vorgestellt, Antti würde die Nachfolge im väterlichen Geschäft antreten, doch er schien eher auf dem besten Wege zu sein, ein vulgärer Kerl zu werden, der nichts Besseres zu tun hatte, als mit der mageren Tochter eines versoffenen Fischers und dessen einfältiger Frau anzubandeln. Anttis Mutter ärgerte sich vor allem darüber, dass er nicht einmal mit Linnea Kontakt hielt, sondern zusammen mit den anderen Hafenarbeitern in einem Gemeinschaftsquartier lebte. In Linneas Haus wäre durchaus Platz gewesen, aber er traute sich wohl nicht hin, weil er mit den anderen Kerlen im Hafen herumsoff und seinen ganzen Lohn zu diesem Öjaer Gänschen, wie war noch gleich der Name, trug.

Antti nahm ihnen diese Kritik übel und radelte wieder nach Öja. Unterwegs überlegte er, dass er sich wohl sein eigenes Haus bauen müsste, da man ihn zu Hause nicht mehr verstand. Zu Linnea könnte er jedenfalls mit Kerttu nicht ziehen, er wollte dort einfach nicht sein, und zu Kerttu nach Hause mochte er schon gleich gar nicht. Er konnte seinen künftigen Schwiegervater nicht ausstehen, und Kerttus Mutter war zwar ein netter Mensch, aber ihren Trübsinn konnte man auf die Dauer auch nicht ertragen.

Der Traum vom eigenen Haus in Ykspihlaja begann auch Kerttu zu faszinieren. Wie herrlich würde es sein, zusammen mit dem künftigen Ehemann in einem schmucken kleinen Häuschen zu wohnen. Es war kaum vorstellbar, aber Antti versicherte ihr, dass das Vorhaben keineswegs unrealisierbar sei. Bauholz lasse sich problemlos besorgen, und wenn man das passende Pachtgrundstück fände, könnte man einfach loslegen. Das Haus wäre dann schon im kommenden Sommer fertig, und sie könnten beide einziehen, sowie sie offiziell verlobt wären.

Das Haus sollte zwei Zimmer im Untergeschoss haben, und im Obergeschoss könnten später noch zwei weitere eingerichtet werden. Am Sonntag darauf fuhren Antti und Kerttu mit dem Rad nach Ykspihlaja. Antti trat in die Pedale, und Kerttu saß auf der Stange, Decke und Pullover waren auf dem Gepäckträger befestigt. Die Fahrt war lang, aber unterhaltsam. Am Ziel angekommen, aßen sie Fischsuppe im Café *Liitupiiri*. Das war eigentlich ein Speiselokal für feine Leute, aber Antti fand, dass sie nicht am Essen sparen sollten, wenn sie in einer so wichtigen Angelegenheit unterwegs waren.

Den Rest des Tages verbrachten sie damit, am Ufer entlangzulaufen, und dabei fanden sie Grundstücke, die sich ihrer Meinung nach wunderbar für ihr gemeinsames Heim eig-

96

neten. Antti fasste den Plan, sich im Sägewerk zu verdingen, wo den Angestellten Baumaterial zum Spottpreis verkauft wurde. Für gewöhnlich wurden in Ykspihlaja die Häuser aus dem Holz gebaut, das aus dem Meer angeschwemmt worden war. Die besseren Teile klauten sich die Leute aus den Stapeln der Sägewerke, und den Rest, im Allgemeinen nur einen geringen Teil der Holzware, kauften sie, wobei es selbst Bretter und Bohlen bei den Sägewerken fast umsonst gab. Hungermühlen, so nannten die Einheimischen ihre Sägewerke, denn dort wurden die Arbeiter schlecht bezahlt. Es erschien somit ganz natürlich, sich von dort Holzware aufs private Grundstück mitzunehmen, gleichsam als Aufstockung für den Stundenlohn. In Ykspihlaja war der Hausbau billig. Das ganze Dorf war im Frühjahr vor Beginn der Verschiffungsperiode wie ein einziger großer Bretterhof. Es war unmöglich, den Bretterdiebstählen Einhalt zu gebieten, und so mussten die Chefs der Sägewerke diese Praxis akzeptieren.

In der darauffolgenden Woche ließ sich Antti ein ungefähr tausend Quadratmeter großes Grundstück in der Kullervonkatu zusichern. Da er noch minderjährig war, nannte er kühn seinen Vater als Pachtzahler. Seine Beziehung zum Vater hatte sich im Laufe des Sommers abgekühlt, und auch seine Mutter konnte nicht begreifen, dass ihr Sohn nicht mehr der frühere kleine Antti war. Wenn das Haus erst einmal fertig wäre, würden ihm die Eltern seine Eigenmächtigkeit sicher verzeihen, dachte Antti.

Während der ersten Herbststürme kam Schwung in das Bauprojekt. Ein Schlepper zog ein riesiges Baumfloß nach Ykspihlaja, das passenderweise unmittelbar vor der Einfahrt auseinanderriss. Tausende von Baumstämmen trieben herein, ein Teil sogar bis aufs Festland. Der größte Teil staute sich an der Hafenmole, von wo sich die Stämme leicht mit Seilen an Land ziehen ließen. Antti gewann zwei kräftige Hafenarbeiter als Helfer und holte sich mehr als 70 geschälte Kiefernstämme, beste nordische Exportqualität, an Land. In Ykspihlaja galt eine ungeschriebene Seerettungspraxis: Wer wertvolles Gut aus dem Wasser fischt, darf es behalten, selbst wenn der Besitzer direkt neben dem Retter steht.

Um die Stämme zur Baustelle zu schaffen, war natürlich ein Pferd erforderlich. Antti fragte seinen Vater, ob er Fix ausleihen dürfe. Zur Begründung sagte er, er müsse mehrere Dutzend Stämme aus dem Hafen auf ein Grundstück schaffen, auf dem im Frühjahr Bauarbeiten beginnen sollten, für die er die Verantwortung übernommen habe.

Antti fuhr die Stämme vom Hafen zum Grundstück. Das Ganze dauerte zwei Tage, und schließlich lagen fast hundert geschälte lange Stämme bereit. Antti beschloss, die Stämme während des Winters kantig zu schleifen und daraus dann im Frühjahr das Untergeschoss für sein Haus zu zimmern. Das Obergeschoss und das Dach würde er aus Brettern und Bohlen nageln. Fenster und Türen würde er ebenfalls selbst tischlern. Vielleicht könnte er den Winter über im Sägewerk arbeiten und Doppelschichten leisten. Auf diese Weise würde er doppelt bezahlt, obwohl selbst das nicht wirklich viel war.

In einer Ortschaft wie Ykspihlaja macht Klatsch schnell die Runde. Tuomas Kokkoluoto kam bald dahinter, was es wirklich mit dem Bauvorhaben seines Sohnes auf sich hatte. Eine unglaubliche Frechheit! Was dachte sich dieser Lümmel bloß dabei, eine Familie gründen zu wollen, obwohl er fast noch ein Kind war! Tuomas beschloss, diesem Treiben ein Ende zu setzen, über das man sich anscheinend in der ganzen Gegend schon lustig machte. Er raste mit seinem Studebaker nach Ykspihlaja und auf das bewusste Grundstück, wo die beiden jungen Leute auf einem Stapel langer Stämme saßen und ihren Proviant verzehrten.

Tuomas begrüßte Kerttu sachlich und bat dann seinen Sohn, mit ihm beiseitezutreten, damit sie reden konnten. Als sie sich nicht mehr in Hörweite befanden, begann Tuomas in scharfem Ton seine Standpauke als Erzieher. Er habe erfahren, so sagte er, dass Antti beabsichtige, sich ein eigenes Haus zu bauen, ohne seinen Vater um Erlaubnis zu fragen, und dass er zu alledem auch noch vorhabe, mit seiner momentanen Gespielin ohne Trauschein darin zu leben. Seines Wissens sei der Vater des Mädchens ein bekloppter, nach Schnaps stinkender Fischer und die Mutter geisteskrank. Das Mädchen wiederum sei zu jung, wobei sich auch Antti selbst nicht gerade durch ein reifes Alter und vor allem nicht durch ein ausgeprägtes Urteilsvermögen auszeichne. Da sei es am klügsten, den unsinnigen Haustraum zu begraben und die Holzstämme zu verkaufen. Die Liebelei möge seinetwegen weitergehen, doch ein gewisses Maß sollte auch dabei eingehalten werden. Antti täte gut daran, als Untermieter in Linneas Dachgeschoss einzuziehen. In ein paar Jahren könne er dann nach üblicher Gepflogenheit heiraten, wenn er darauf so scharf sei. Von dem mageren Ding, mit dem er sich momentan herumtreibe, solle er sich aber auf jeden Fall rechtzeitig trennen.

»Kümmere du dich um deine eigenen Frauen, ich sorge für die meine«, schnauzte der Sohn seinen Vater an.

»Dummkopf! Hanna ist immerhin deine Mutter«, schnauzte
der Vater mit gesenkter Stimme zurück und packte dann
seinen widerspenstigen Sohn mit festem Griff am Schopf.
Es kam zu einem heftigen Handgemenge. Das Ergebnis
blieb allerdings offen, denn Kerttu, die von ihrem Sitzplatz
aus die Situation besorgt verfolgt hatte, eilte herbei, um die
Ringer voneinander zu trennen. Sie zerrte Antti an den
Haaren und schrie, er solle seinen Vater loslassen. Verdutzt
ließen Vater und Sohn voneinander ab und richteten ihre
durch den Kampf in Mitleidenschaft gezogene Kleidung.
Dann wandten sie sich dem Mädchen zu, das vor Aufregung immer noch zitterte und dem aus dem Mundwinkel
hellrotes Blut zu sickern begann. Kerttu presste die Hand
auf die Brust. Ihr Gesicht wurde aschfahl und sie wankte zu
dem Holzstapel, um sich zu setzen. Aus ihrem Mund floss
jetzt das Blut in Strömen. Es handelte sich um den Blut-
sturz einer Lungenkranken.
Vater und Sohn trugen das fast bewusstlose Mädchen zum
Studebaker und legten sie auf die Rückbank. Tuomas startete den Wagen und Antti wischte seiner Verlobten die
blutigen Mundwinkel mit seinem Hemd ab. Sie fuhren auf
direktem Wege zum städtischen Krankenhaus. Obwohl es
Sonntagnachmittag war, wurde die Patientin aufgenom-
men. Sie war in einem zu schlechten Zustand, als dass man
sie hätte nach Hause schicken können. Am folgenden Tag
bekam der Kaufmann in seinem Laden einen Anruf und
ihm wurde mitgeteilt, dass Kerttu Björkbacka in die Lun-
genheilstätte von Oulu transportiert werden müsse, dort
sei ein Bett für sie reserviert. Antti und Tuomas machten
sich auf den schweren Weg.
Vier Monate später, gerade um die Weihnachtszeit, erlag

Kerttu in der Heilstätte ihrem Lungenleiden. Ihr schmaler Leichnam wurde in aller Stille beigesetzt. Antti brachte es nicht über sich, am Begräbnis teilzunehmen, aber hinterher kam er oft zum Grabhügel seiner heimlichen Verlobten, still und mit trockenen Augen, und trauerte so sehr, dass sein junger Körper zitterte. Sein ganzes Leben lang sehnte er sich nach seiner Kerttu, bis zu seinem Tod, und der hatte, was Antti betraf, keine Eile.

Über Kerttu erschien keine Todesanzeige, und auf ihrem Grab wurde kein Kreuz errichtet. Im Spätwinter verkaufte Antti seine Holzbalken wieder dem Sägewerk. Die Einnahmen benutzte er dazu, in der Eisengießerei ein gusseisernes Kreuz zu bestellen. Den Todestag seiner Verlobten kannte er natürlich genau, nicht aber ihren Geburtstag. So beschloss er also, Linnea zu fragen, wann Kerttu geboren worden war, als Hebamme war sie ja Expertin in diesen Dingen. Auch könnte sie ihm gleich sämtliche Vornamen des Mädchens nennen.

Linnea fauchte, dass sie kein Kirchenbuch sei.

»Wenn du nicht bei den Björkbackas nachfragen magst, dann geh ins Pfarramt. Dort können sie dir die nötigen Auskünfte geben, zumal du ja angeblich mit der armen Kleinen sogar verlobt warst.«

Antti befolgte den Rat, und so erhob sich auf Kerttus Grab ein schönes Kreuz mit den genauen Namen und Daten. Antti veröffentlichte außerdem eine Todesanzeige in der Regionalzeitung und fügte zur Liste der Trauernden auch seinen eigenen Namen hinzu.

14 Zum Wehrdienst
und zum Befestigungsbau

Am Dreikönigstag 1939 wurde Antti Kokkoluoto volljährig. Das Ereignis wurde zu Hause nicht groß gefeiert, sondern einfach nur registriert. Im Februar musste Antti zur
Armee nach Oulu. Er kam in jenen Kasernenblock, in dem
sein Vater während des Pferdeaufstands gefangen gehalten
worden war. Diesmal aber handelte es sich um keine will-
kürliche Festnahme, sondern um den normalen Wehrdienst, zu dem damals jeder finnische Mann verpflichtet
war und auch heute noch verpflichtet ist.

Antti war ein volljähriger, voll ausgewachsener Mann, lang
und geschmeidig, der die Strapazen des Wehrdienstes
locker wegsteckte, fast freudig seine Waffe trug. Er war ein
sicherer Schütze, traf auch aus dreihundert Metern Entfernung fast immer mitten ins Ziel, mal traf er die Acht, mal
die Neun, aber in den meisten Fällen war es die Zehn. Die
Schießübungen, die sein Vater einst am Strand veranstaltet
hatte, hatten Anttis Hand geschult und sicher gemacht,
und seine scharfen Augen blickten weit in die Ferne.

Der Ouluer Bezirksverband der Schutzkorpsorganisation
zeichnete den treffsicheren Rekruten mit einer Medaille
aus, die ihm ein alter Bekannter verlieh, Ruben Leppänen,
jetzt bereits Oberwerkmeister in der Hagström'schen Fab-

103

rik in Oulu. Von den alten Zeiten und Autofahrten war
nicht mehr die Rede. Antti bekam aus Anlass der Auszeich-
nung Sonderurlaub, und sein Vater holte ihn mit dem
Studebaker ab. Auch Ruben Leppänen, inzwischen Major
der Reserve, durfte mitfahren, er wollte in Kokkola seine
alten Ringerfreunde besuchen. Unterwegs erzählte Major
Leppänen, dass die Studenten beschlossen hatten, Finnlands Ostgrenze auf der Karelischen Landenge zu befesti-
gen. Die Bedrohung durch den Erbfeind wurde mal wieder
unerträglich. Leppänen versuchte Antti zu überreden, sich
im Sommer, nach seinem Wehrdienst, den Abertausenden
von Freiwilligen anzuschließen und ebenfalls an die Ostgrenze zu gehen. Die Sicherheit des Vaterlandes verlangte
das einfach. Leppänen wusste von früher, dass die Kokkoluotos sich mit Pferden auskannten, und um Felsbrocken
für Panzersperren aus dem Steinbruch an die Linie zu bringen, brauchte man gute Pferde, Pferdeführer und Schützen
mit sicherer Hand, falls die Spione der Russen nachts
heranschlichen, um die Befestigungsanlagen auszuspähen.
Für den Einsatz der Pferde bekämen die Kokkoluotos vierhundert Mark pro Tag zuzüglich Futter. Mit zwei Pferden
könnten sie so im Sommer gutes Geld verdienen und
gleichzeitig wäre der Sache des Vaterlandes gedient.
»Und dann den Russen einfach eine Kugel in die Birne,
stimmt's, Antti?«
»Ja, ja, meinetwegen … Aber, sag mal, ist das Auto nicht
noch gut in Schuss?«, pries Tuomas Kokkoluoto den Studebaker.
Leppänens Rekrutierungsversuch wurde nicht länger erör-
tert, beschäftigte Vater und Sohn jedoch weiterhin. Während seines kurzen dreitägigen Heimaturlaubs besuchte

Antti nicht nur Kerttus Grab, sondern er fuhr auch gemeinsam mit den Eltern schick im Studebaker zu Linnea Lindeman. Da der Sohn Sonderurlaub von der Armee hatte, blieben die Kokkoluotos ganze zwei Tage in Ykspihlaja. Sie
übernachteten bei Linnea und ruderten zusammen mit ihr
auf dem frühlingsfrischen Meer umher. Auf einer kleinen
Klippe entzündeten sie ein Lagerfeuer und verzehrten
ihren deftigen Proviant, fetten Schuppenfisch und die von
Linnea gebackenen Piroggen, und Vater Tuomas spendierte
den Frauen, sich selbst und seinem Sohn, der gedanken-
verloren in seinem grauen Drillichzeug dasaß, sogar echten alten Branntwein, von dem man freilich nur ein paar
Fingerhut voll trank. Niemand wurde betrunken, aber es
fand sich reichlich Stoff für Gespräche und Erinnerungen.
Die Schellenten, die Samtenten und die Haubentaucher
waren schon da, die Polarenten sangen ihr Lied, und die
Seeschwalben machten sich auf den Weg zum Eismeer.
Tuomas erzählte Linnea von Leppänens Vorschlag, dass
Antti mit den Pferden am Bau von Panzersperren an der
Ostgrenze teilnehmen sollte. Tausende wollten angeblich
dorthin, alles freiwillige Studenten. Bei den Kokkoluotos
standen neuerdings zwei Pferde im Stall. Da war einmal
Fix, und dann hatte Tuomas noch einen braunen Wallach
gekauft, den er wegen seines aufbrausenden Temperaments
Hummel genannt hatte. Ansonsten war das Pferd jedoch
gut gebaut und tüchtig.
Als Antti sich vom Feuer entfernte, um seinen eigenen
Gedanken nachzuhängen, schaute Linnea ihm hinterher
und sagte dann zu seinen Eltern, dass wohl ein Krieg ausbrechen würde.
»Der Russe wird kommen, und er kommt bald.«

Tuomas begann ernsthaft zu überlegen, ob er Antti nicht zu den Befestigungsarbeiten begleiten sollte. Er überschlug, dass sie bei einem zweimonatigen Aufenthalt in Karelien mit den beiden Pferden einen tüchtigen Batzen Geld verdienen würden. Als Kaufmann hatte er die Summe rasch ausgerechnet:

»Wenn wir auch an Sonn- und Feiertagen arbeiten, macht das achtundvierzigtausend Mark.«

Hanna hatte starke Bedenken wegen des Arbeitseinsatzes. Alle anderen Kinder waren bereits aus dem Haus, hatten geheiratet und sich Arbeit gesucht, bis hinunter nach Tampere. Nur Antti war noch da, und Tuomas natürlich. Was, wenn sie beide dort an der Grenze umkämen, und zwei gute Pferde obendrein?

Linnea beruhigte sie:

»Antti stirbt nicht im Krieg, hab keine Angst. Bei Tuomas bin ich mir nicht ganz sicher und bei den Pferden auch nicht, aber Tuomas ist ja schon recht alt, und Pferde kann man sich jederzeit neu kaufen.«

»Mach keine Witze«, sagte Tuomas und rief Antti herbei, der am Strand hockte und an seine Bootsausflüge mit Kerttu dachte.

Tuomas teilte ihm seinen Entschluss mit: Sie würden beide gemeinsam mit den Pferden nach Karelien gehen, sowie Antti mit der Armee fertig wäre. Sie würden am Vaterland Geld verdienen. Antti sagte darauf:

»Ich gehe als Freiwilliger hin und nehme Hummel, du kannst Fix haben, aber schiele du nicht zu sehr nach dem Geld, Vater.«

Antti wurde Anfang Juni aus der Armee in die Reserve entlassen. Er war zum Korporal der Nachschubtruppen ernannt worden. Auf dem Bahnhof von Kokkola wurden Fix und Hummel in den Zug verladen. Ab Pietarsaari reisten mit demselben Zug etwa hundert junge Leute nach Karelien, freiwillige Studenten und Lottas, die Burschen nannten sich »Spatensoldaten«. Ein Pressefotograf machte auf dem Bahnhof ein Foto von ihnen, die Burschen posierten im Arbeitsoverall, die Mädchen in weißen Schürzen. Der Pressemann fotografierte auch Fix und Hummel durch die Tür des Viehwaggons, aber das Licht war zu schwach, sodass das Pferdeporträt später nicht in der Zeitung erschien.

Tuomas und Antti fuhren mit dem Studebaker, in dem außer ihnen noch sechs Lottas Platz fanden.

Vater und Sohn Kokkoluoto und ihre beiden Pferde Fix und Hummel verdienten in diesem Sommer gutes Geld bei den Befestigungsarbeiten. Die freiwilligen Truppen hoben Schützengräben aus und schlugen wuchtige Panzerhindernisse aus dem Felsen. Diese dreieckigen und mehr als einen Meter hohen Brocken transportierten Vater und Sohn mit ihren Pferden an den Bestimmungsort, wo eine Sperrlinie zur Abwehr feindlicher Panzerangriffe gebaut wurde. Die Steinkegel wurden in den Boden gerammt, sodass sie unverrückbar an ihrem Platz standen. Der Teil, der aus der Erde herausragte, war meist nur einen Meter hoch. Die Steine wurden im Abstand von zwei, drei Metern gesetzt, zumeist in zwei Reihen, an einigen Stellen sogar in drei oder vier. Die Granitbrocken standen trotzig wie Soldaten da, bereit, den Erbfeind zu empfangen. Was die Russen anging, so besagten Gerüchte, dass sie bereits die Umbenennung der Helsinkier Straßennamen und die Einführung kyrillischer Buchstaben planten.

Die Felsbrocken wurden auf niedrigen Sommerschlitten transportiert, denn Wagen hätten dem Gewicht nicht standgehalten. Für das Aufladen wurden vier, bei den größten Steinen sogar sechs Männer mit Brechstangen gebraucht. Es war eine schweißtreibende Arbeit, und die Panzersperre an der nationalen Grenze wuchs somit nur sehr langsam. Antti hatte die Idee, dass man auf das Anheben mit Brechstangen verzichten und eine praktischere und schnellere Methode anwenden könnte, indem man einen Hebeapparat und einen Flaschenzug nutzte. Tuomas und Antti bauten aus Balken ein stabiles Dreibein und installierten eine dicke Hebekette, die um den Steinbrocken festgezogen wurde. Der hob sich jetzt mithilfe von zwei Mann langsam in die Luft. Rasch den Sommerschlitten druntergeschoben, und der Stein konnte aufgeladen und abtransportiert werden, während das Dreibein zum nächsten Stein umgesetzt wurde. Diese Methode bewährte sich und wurde auch auf anderen Baustellen angewandt.

Die Lottas, die für die Verpflegung zuständig waren, brachten zweimal am Tag warmes Essen in den Steinbruch und an die Befestigungslinie. Im Allgemeinen gab es Erbsensuppe oder Kartoffeln mit Soße. Manchmal brachten die Frauen auch ein paar Kannen Buttermilch mit. Zigaretten verkauften sie vom Pferdewagen herunter. Später betrieben sie eine Art Kantine, die am Waldrand in der Nähe der Baustelle errichtet wurde. Während der Pausen bildete sich vor der Kantine eine Schlange aus Männern mit nacktem Oberkörper. Einige kauften Zigaretten, andere eine Tasse Kaffee, manche hatten sogar das Geld für eine Limonade.

Antti besuchte die Kantine häufiger als andere. Er hatte ein Auge auf ein rothaariges Mädchen geworfen, dessen fröhliches Lachen bis nach draußen zu hören war, wenn sie an die Spatensoldaten Kaffee ausgab. Antti war ein gut gebauter junger Mann, und er hatte auch mehr Geld als die anderen. Also schlürfte er in jenen Wochen so viel Limonade wie nie zuvor. Endlich begriff das Mädchen, dass es ihn nicht so sehr nach dem rot perlenden neumodischen Getränk verlangte, sondern dass ihn die natürliche Sehnsucht nach einer Frau trieb. Rasch kamen sie sich näher, befördert durch den schicken Studebaker des Vaters. Abends, wenn Antti die Pferde gefüttert und seine Limonade getrunken hatte, startete er klammheimlich den Wagen seines Vaters und fuhr zu einer verabredeten Stelle. Die erst neunzehnjährige Suoma Oinonen kam bald darauf auf einem Geheimpfad zum Auto, wo der junge Mann sie ungeduldig erwartete. Antti betrachtete sich als guten Fahrer und kutschierte das Mädchen durch die nähere und weitere Umgebung. Das kostete Benzin und Nachtschlaf, dennoch fanden beide das Leben herrlicher als je zuvor.

15   Versöhnung in der karelischen Einöde

Später im Herbst verbreitete sich das Gerücht, dass doch kein Krieg ausbrechen würde. Finnlands Präsident Paasikivi war angeblich nach Moskau gereist und hatte sich mit Molotow über die für den Staat lebenswichtigen Fragen geeinigt. Die älteren Männer meinten allerdings, dass den Russen nicht zu trauen sei und dass Paasikivi, oder wer auch immer nach Moskau reise, kein Russisch spreche und daher leicht einzuwickeln sei. Andere wiederum behaupteten, dass Paasikivi flüssiger Russisch spreche als Molotow.

Tuomas Kokkoluoto kam dahinter, dass sein Sohn neuerdings fast jeden Abend mit dem Studebaker seltsame Ausflüge unternahm. Er stellte Antti zur Rede und erfuhr schließlich, dass es sich um eine ernstere Sache handelte: Antti und Suoma hatten sich verlobt und bei solchen Vorhaben war ein schickes Auto von Nutzen. Beflissen versprach Antti, das Benzin zu bezahlen, wenn er nur abends mit dem Auto wenigstens einen oder zwei Kilometer fahren dürfte, zu einem geeigneten ruhigen Ort, hinter eine Wegbiegung oder zu einer Scheune. Es gab so viele wichtige Dinge zu besprechen, jetzt, wo ein Krieg ausbrach. Suoma stammte aus Kajaani, aber bis dorthin wollte er nicht mit ihr fahren.

Der Vater hatte Verständnis für die Heiratsabsichten seines Sohnes. Antti war jetzt volljährig, anders als zu Zeiten der armen zarten Kerttu. Tuomas musste an seine eigene Jugend in Kokkola denken, als er die schöne Lehrerin aus Ykspihlaja umworben hatte. Auch er hatte auf seinen Touren nicht an die Kosten gedacht, sondern war mit seinem Traber viele Nächte lang durch die schlafenden Dörfer Ostbottniens gefahren, neben sich in der Kutsche die schönste Frau an der Küste. Und schön war Hanna immer noch, obwohl inzwischen Mutter von sechs Kindern. Antti hatte durchaus einiges vom Aussehen seiner Mutter geerbt. Aber im Verhalten war er ganz der Vater, wie Tuomas sehr wohl registrierte.

Tuomas überlegte, ob jetzt der geeignete Zeitpunkt gekommen war, den Ringkampf aus Kerttus Zeiten zur Sprache zu bringen. Fünf Jahre waren seit dem Zusammenstoß vergangen, und die Beziehung zwischen Vater und Sohn war in diesen Jahren kühler gewesen als Tuomas sich gewünscht hätte. Nun ja, die Geschichte war heikel und es war beileibe nicht einfach, das Thema anzuschneiden. Antti bemerkte, dass seinen Vater etwas plagte, über das er nicht recht sprechen mochte, und da hatte er plötzlich eine Ahnung:

»Ist es die Sache mit Kerttu, die dich beschäftigt?«

Tuomas war froh und fing schnell an zu erzählen, wie ihn die Sache all die Jahre gequält hatte. Die Beziehung zwischen Vater und Sohn war allzu belastet gewesen. Antti gestand, dass ihn das Geschehen ebenfalls ständig beschäftigt hatte.

»Wollen wir uns nicht aussöhnen?«, schlug Tuomas vor.

»Gut, abgemacht.«

Vater und Sohn gaben sich die Hand. Eine ehrliche Versöhnung nach fünf Jahren. Die finnische Art.

Tuomas erlaubte seinem Sohn, mit Suoma im Auto zu kuscheln, er musste nicht mehr unnötig durch die karelischen Dörfer kurven.

»Aber lock sie noch nicht auf die Rückbank, sonst werden die Ledersitze beschmiert, und es gibt Bankerte.«

Angeregt durch die Aktivitäten seines Sohnes fing Tuomas an zu überlegen, warum nicht auch er, und zwar gerade er, Lottas herumkutschieren und mit ihnen anbandeln sollte. Er hatte tatsächlich schon seit Wochen nicht mehr den Duft einer Frau geschnuppert. Flüchtig dachte er an Hanna, aber Kokkola war weit weg, da konnte er jetzt nicht hinfahren.

Tuomas Kokkoluoto versuchte eine ältere Lotta aus der Kantine in seinen schicken Studebaker zu locken, indem er wortreich von Freundschaft und von einer vertrauensvollen Beziehung zwischen Mann und Frau sprach. Die Lotta namens Senja Kämäräinen begriff bald, dass es sich nicht um die Einladung eines an sich passablen Gentlemans zu einer Besichtigungstour in der Sommernacht, sondern um etwas ganz anderes handelte. Hier wurde versucht, sie, die patriotische und aufopferungsvolle ehrbare Frau, für eine unsittliche Beziehung zu gewinnen, noch dazu mit einem verheirateten Mann.

Senja Kämäräinen hielt Tuomas eine strenge Moralpredigt. Sie betonte, wie entscheidend moralische Festigkeit für ein Volk sei, das sich auf den Krieg vorbereite und womöglich bald zahlreiche Kämpfe zu bestehen habe. So ein unmoralisches Ansinnen sei ein dreister Angriff auf die allgemeine und besonders auch die individuelle Ehrenhaftigkeit.

Tuomas versuchte, seinen Vorschlag zu verteidigen, indem er Senja Kämäräinen darauf hinwies, dass auch sein Sohn schon seit geraumer Zeit mit einer Lotta, einer gewissen Suoma, verbandelt war.

»Das ist etwas ganz anderes! Die beiden reinen jungen Leute planen die heilige und sittliche Ehe, und keiner von ihnen ist verheiratet.«

Tuomas musste sein verlockendes Lottaprojekt aufgeben und sich mit der Beziehung zur Lehrerin einer nahe gelegenen Dorfschule zufriedengeben. Lehrerinnen herumkriegen, das konnte er, denn seit Hanna genoss er ein hohes Ansehen bei dieser Berufsgruppe. Also begnügte er sich damit, mit seinem schicken Auto die Lehrerin herumzukutschieren, die freilich ein wenig ältlich war und fast betäubend nach einer Mischung aus Schweiß und einem kräftigen Parfüm roch.

Nach einer Woche jedoch ließ ihm die Lotta Senja Kämäräinen durch Antti ausrichten, dass sie ein Treffen unter vier Augen im Wald hinter der Lotta-Kantine wünschte, noch am selben Abend. Neugierig ging Tuomas hin. Diesmal wurde er nicht mit Kritik bombardiert, sondern die Frau sprach davon, wie wichtig es sei, die allgemeine Moral in jeder Hinsicht aufrechtzuerhalten, besonders jetzt angesichts des drohenden Krieges. Die moralische Festigkeit der Nation sei ebenso bedeutend wie die Bewaffnung der Armee. Und so schlug sie denn vor, dass man, angenommen, man würde vielleicht doch einen Kontakt zwischen Mann und Frau herstellen, die Sache absolut vertraulich behandeln solle. Nur so könnten sie beide sicher sein, dass sie mit ihrem persönlichen Verhalten kein unsittliches Beispiel für ihre Umgebung abgäben.

Die Beziehung wurde noch am selben Abend und auch in der Nacht erprobt, bei einer Fahrt im Studebaker und an zwei geschützten Haltepunkten. Tuomas Kokkoluoto konnte nicht umhin, im Stillen seine beiden Gespielinnen miteinander zu vergleichen. Die Lehrerin war eifrig, roch aber zu streng, die Lotta wiederum hatte eine spitze Zunge, war aber ansonsten unbedingt effizienter.

Zu jener Zeit versammelten sich auf der Karelischen Landenge Tausende Soldaten zu einem großen Militärmanöver. Mehr als zwanzigtausend Mann probten eine Woche lang den Krieg. Auf der Landenge herrschte Getümmel. Die Stimmung war furchtsam trotzig. Die Männer schworen, dass sie es der Roten Armee auf jeden Fall schwer machen würden, sie zu überrumpeln.

Einen Monat später fand eine außerordentliche Reservistenübung statt, zu der auch Korporal Antti Kokkoluoto einberufen wurde. Als Sammelstelle war Suonenjoki angegeben. Zugleich wurden beide Pferde für den Dienst in der Armee zwangsverpflichtet.

Aus Ykspihlaja kam ein Brief von Hanna und Linnea, in dem die Frauen Tuomas baten, möglichst schnell zu seiner Familie nach Kokkola zurückzukehren. In Europa war bereits der Krieg ausgebrochen und das mächtige Polen besetzt worden. Linnea hatte im Traum gesehen, dass Tuomas, wenn er nicht bald von den Befestigungsarbeiten nach Hause käme, für immer fortbliebe, vom Krieg geschluckt würde.

Auch Suoma Oinonen musste aufbrechen, weil die zweite, umfangreichere Phase der Reservistenübung begonnen hatte, quasi die Mobilmachung. Die junge Lotta musste sich um Evakuierte kümmern, die aus den entlegenen östlichen Dörfern Kareliens eintrafen, mit Pferdefuhrwerken und ihrer wenigen Habe, dazu Kinder und Alte, Kühe, Ochsen und Schweine. Die Züge brachten immer neue Armeedivisionen an die Ostgrenze, und auf der Rückfahrt ins Binnenland beförderten sie Flüchtlinge. Der Ernstfall war eingetreten.

Antti kam als Pferdeführer zu den Nachschubtruppen des 34. Infanterieregiments der 12. Division. Die Division stand auf der Karelischen Landenge im Abschnitt Summa. Eigentlich hätte Antti in die Reihen der weiter nördlich stationierten Truppen gehört, aber als er erwähnte, dass er im Sommer als Pferdeführer bei den Befestigungsarbeiten in Karelien gearbeitet hatte, wurde er dorthin geschickt. Auf der Landenge würde man angeblich bald gute Männer brauchen, die ein scharfes Nachtauge und eine ruhige Hand hatten. Vor dem Aufbruch konnte er sich noch rasch mit Suoma in Kajaani treffen. Antti übernachtete in einer Pension. In seinem kleinen Zimmer mit Blumentapete erprobten die beiden jungen Leute die Kompatibilität ihrer nackten Körper, schüchtern, aber eifrig. Damit nicht vorzeitig, jedenfalls nicht vor der Trauung, ein Kind entstand, vollendeten sie den Akt in der garantiert sicheren Methode des Koitus interruptus. Am nächsten Morgen wurde Kajaani bombardiert. Antti musste sich bei seiner Einheit melden. Suoma fuhr nach Hause. Keiner der beiden wusste, was die Zukunft bringen würde, denn das wusste niemand. Die beiden jungen Leute waren erschrocken und verängstigt wegen des Kriegsausbruches, aber da sie beschlossen hatten zu heiraten, waren sie zugleich auch glücklicher denn je.

16   Der Winterkrieg des Korporals

Korporal Antti Kokkoluoto meldete sich Ende November im Stab des 34. Infanterieregiments im Dorf Summa. Der Major der Nachschubtruppen teilte ihm sofort die Pferdeabteilung einer Kolonne zu, hier war er verantwortlich für sechs Untergebene, sechs Pferde und einen Sattel. Zur ganzen Kompanie gehörten hundert Mann und achtzig Pferde. Insgesamt verfügten die Nachschubtruppen der Division über Tausende Pferde und Männer. Chef des Ganzen war Oberstleutnant Wolf H. Halsti, ein Mann, der Organisationstalent besaß und ein strenger, aber gerechter Vorgesetzter war, wie die Soldaten fanden.

Die Kämpfe im Abschnitt Summa begannen im Dezember. Die Schutztruppen hatten den Feind bis zu dieser Linie hingehalten, doch jetzt war es an der Feldarmee, den Angreifer zu empfangen. Der Feind war übermächtig, er verfügte über Artillerie, Panzerwagen und Flugzeuge. Es war unmöglich, den Nachschub tagsüber an die vorderste Linie zu bringen, weil die Gefahr bestand, dass Flugzeuge die Pferdekolonnen unterwegs vernichteten. Da an die Frontkämpfer Schneeanzüge ausgegeben wurden, blieben für die Pferdeführer keine mehr übrig. Scherzhaft hieß es, dass sie keine bräuchten, schließlich hätten die Pferde ja auch keine. Und tatsächlich war es in der nächtlichen Dunkelheit egal, ob die

117

Kutscher Drillichzeug oder Schneeanzüge trugen. Viele Männer begannen ihren Krieg in Zivilklamotten, weil nicht einmal genügend Uniformen vorhanden waren.

Auf den nächtlichen Versorgungsstraßen waren manchmal Kolonnen mit zweihundert, ja sogar dreihundert Pferden unterwegs. Während der schwersten Kämpfe bewegten sich dort durchaus auch tausend Pferde. Viele der Tiere in der Division stammten aus den schwedischsprachigen Ortschaften Ostbottniens und hörten daher anfangs nicht auf die finnischen Kommandos, aber bald lernten sie Finnisch, und alles funktionierte einwandfrei. Die Pferde waren zäh und klug. Die Schlitten, die sie zogen, beförderten Munition für die Kanonen, Proviant für die Infanterie und Waffen. Auf dem Rückweg transportierten sie die Verwundeten ins Feldlazarett und die Gefallenen zu den Sammelstellen.

Um die Weihnachtszeit fanden im Abschnitt Summa zahlreiche unglaublich blutige Kämpfe statt, in denen der Feind mit schwerer Artillerie schoss, ehe seine Infanterie, unterstützt von Panzern, den Durchbruch versuchte. Die finnischen Truppen waren völlig ausgelaugt. Es gab viele Tote und Verwundete. Die erschöpften Männer an vorderster Front, die in den Schützen- und Splitterschutzgräben hockten, erfroren sich Hände und Füße. Das blutige Trauerspiel des Krieges ging ohne Unterbrechung weiter. Die Ersatztruppen waren schlecht ausgebildet und ihre Verluste deshalb erschreckend groß. Die schlimmste Ernte mähte die Kriegssense jedoch in den feindlichen Truppen. Dort hatte der Einzelne keinen Wert. Die russischen Soldaten waren eine bloße Masse, die ins tödliche Feuer des Verteidigers stürmte.

Nach harter Artillerievorbereitung versuchte der Feind an Weihnachten erneut im Abschnitt Summa durchzubrechen. Die Panzerwagen stürmten tatsächlich durch die Linien, doch die finnische Infanterie hielt ihre Stellung, obwohl einige Russen bis zu den Schützengräben vordrangen. In dieser Situation mussten alle zu den Waffen greifen, die dazu in der Lage waren: Feuerleiter, Sanitäter, Melder des Stabs und sogar die Pferdeführer und ihre Wachmannschaften, die sich gerade in ihren Zelten ausruhten.

Auch Antti Kokkoluoto eilte der Infanterie zu Hilfe und robbte bis zu den vordersten Stellungen. Mit fester Hand, stoisch und ruhig, feuerte er präzise wie ein Uhrwerk und streckte die vordringenden Feinde zu Boden. Als ein Panzerwagen auf die Schützengräben zudonnerte, schoss Antti eine geballte Ladung in die Raupenkette des Panzers, sodass sie riss. Jemand warf einen Brandsatz auf die Motorhaube. Der Wagen ging in Flammen auf und die Besatzung war innerhalb weniger Sekunden verkohlt.

An diesem Tag tötete Antti Kokkoluoto massenhaft Feinde und zerstörte insgesamt drei Panzerwagen. Später wurde vorgeschlagen, ihm für diese Heldentat einen Orden zu verleihen, aber im rückwärtigen Stab nahm man die Sache nicht für voll. Wie hätte denn ein gewöhnlicher Kolonnenkorporal an vorderster Linie kämpfen und gleich drei Panzerwagen zerstören können! Ein Feldgeistlicher nannte es jedoch ein gutes Zeichen, dass die Männer vorn an der Front immer noch in der Lage waren, sich wenigstens ein bisschen Humor zu bewahren.

Korporal Antti Kokkoluoto war ein aufmerksamer Beobachter und verirrte sich nicht so leicht in der von der Artillerie zermalmten Landschaft, nicht mal in der Dämmerung oder Dunkelheit. So wurde er oft mit der Aufgabe betraut, Offiziere zu führen, die zur Inspektion kamen. Einmal erschien Oberstleutnant Halsti höchstpersönlich, um die Versorgungswege zu inspizieren und einen Bunker zu besuchen. Er kam mit seinem Fahrer angerauscht und hielt an einem Punkt mehrere Kilometer hinter der vordersten Frontlinie. Antti empfing ihn und gab dem Fahrer Ratschläge, wo er das Auto am besten abstellen sollte, damit es möglichst vor Artilleriebeschuss sicher war. Dann machten sie sich zu dritt auf den Weg zur vordersten Linie. Antti warnte die Gäste vor den Minen am Straßenrand und erklärte ihnen, dass man Lichtungen und offene Stellen möglichst rasch passieren musste, um nicht ins Visier der feindlichen Scharfschützen zu geraten. Je näher sie der Frontlinie kamen, desto schrecklicher wirkte die Gegend. Vom Wald war kaum mehr übrig als ein Sammelsurium zerschmetterter Stämme. Überall klafften die Einschlaglöcher von Bomben, einige ganz frisch, andere von einer dünnen Schneeschicht bedeckt. Am Ende ihres gefährlichen Wegs erreichten sie den Bunker, und der Oberstleutnant und sein Chauffeur traten rasch durch die Stahltür ein. Antti zog sich in den Schützengraben zurück, um auf die Rückkehr der beiden zu warten.

Im Anschluss an die härtesten Kämpfe bekamen die Nachschubtruppen eines Nachts den Befehl, mit Pferdeschlitten Gefallene abzuholen, die in einer Scheune aufgestapelt worden waren, insgesamt vierzig an der Zahl, so hieß es. Korporal Kokkoluoto, der den Auftrag erhielt, stellte zwanzig Pferde samt Führern bereit. Im Dunkeln war es außerordentlich schwer, den Weg zu finden, die Pferde mussten geführt und es musste darauf geachtet werden, dass sie nicht in eines der Löcher fielen, die die Artilleriemunition in die Erde gebohrt hatte.

Im zuckenden Licht der Explosionsflammen erreichten sie einen grauenvollen Ort am Rande eines Sumpfes: ein langer, vereister Leichenstapel wartete dort auf den Abtransport. Im Schein von ein paar Taschenlampen machten sich die Männer daran, die Gefallenen auf die Schlitten zu laden. Und dabei stellten sie fest, dass es zahlenmäßig viel mehr waren, als im Befehl angekündigt, nämlich über hundert. Auf jeden Schlitten müssten also vier, sogar fünf Heldentote gestapelt werden. Damit diese unterwegs nicht herunterfielen, kamen die Männer auf die Idee, sie umschichtig mit dem Kopf nach vorn oder nach hinten zu lagern. So hielten sich die Toten auf ihre eigene steife Weise gegenseitig fest, und die Kolonne konnte sich in Bewegung setzen, langsam allerdings, denn die Nacht war dunkel und der Weg holperig.

An der Sammelstelle für Gefallene zeigte sich, dass die meisten der abgeholten Toten Russen waren. Die Uniformen des Feindes waren den Männern in der Dunkelheit nicht aufgefallen, ja es wäre sogar bei Tageslicht schwierig gewesen, denn auch die Kleidung der Feindsoldaten war durch die Kämpfe unkenntlich geworden. Die Mütze hatte jedenfalls keiner der Rotarmisten mehr auf dem Kopf gehabt.

Aus dem Stab kam ein gewisser Hauptmann Lesonen angestiefelt, um das Malheur mit den Feindsoldaten in Augenschein zu nehmen. Er brüllte Antti Kokkoluoto an:

»Verflucht noch mal, was fällt Ihnen ein, einen Trauerzug für die Russen zu arrangieren!«

Lesonen blubberte, dass so ein Korporal, der dem Stab tote

Russen aufbürdete, vors Kriegsgericht zitiert werden müsste.

»Sollen wir die Kerle etwa mit der Bahn ins Binnenland schicken und in Heldengräbern beisetzen, hä?«

Antti und die anderen Männer hoben bei Tagesanbruch im nahen Wald ein Massengrab für die Feindsoldaten aus, als Hauptmann Lesonen erneut angestiefelt kam und sein Bedauern über seine nächtlichen Worte äußerte. Man hatte ihm inzwischen erzählt, dass der Anführer der Leichenkolonne unlängst drei feindliche Panzerwagen zerstört hatte.

»Ich kannte Sie nicht und bitte um Entschuldigung, Fehler passieren eben. Auch diese Russen waren ja Menschen. Weitermachen.«

In der nächsten Nacht fanden die Männer endlich die Scheune, in der die gefallenen Finnen gesammelt worden waren. Dabei zeigte sich, dass am vergangenen Tag mehr als zwanzig dazugekommen waren. Unter Berücksichtigung der Lehren der vergangenen Nacht wurden nun die eigenen Gefallenen abtransportiert, die einen mit dem Kopf und die anderen mit den Füßen in Fahrtrichtung.

Die Grausamkeit des Krieges konnte auch feierlich eindrucksvoll wirken. Manchmal bewegte sich zur Frontlinie hin oder von ihr weg eine Kolonne von mehr als tausend Pferden, die lautlos im Dunkeln durch die verschneite Landschaft zog, aufgeteilt in Segmente von jeweils hundert oder zweihundert Tieren. Die borstige Riesenschlange kroch auf der von Granaten geschwärzten Straße dahin, sie beförderte Munition, Waffen und Proviant, und wenn sie in den frühen Morgenstunden zurückkehrte, waren die Schlitten beladen mit verwundeten und gefallenen, erkrankten oder an Erfrierungen leidenden Kriegern und auch solchen, die die Nerven verloren hatten.

Gelegentlich leuchteten die Stichflammen der schweren Feindesartillerie in der Einöde auf, und immer dann funkelten die Augen all der zähen finnischen Pferde grün wie Smaragde. Keines der Tiere gab einen Laut von sich, keines schnaubte oder wieherte. Festen Schrittes stapften die zähen und treuen Gäule auf der öden Heerstraße dahin und zogen ihre Lasten, ob Nachschub für die Front oder gefrorene Heldentote fürs Begräbnis.

17   Suomas und Anttis Hochzeit

Wie Linnea Lindeman prophezeit hatte, überstand Korporal Antti Kokkoluoto die Kämpfe des Winterkrieges lebend, er wurde nicht einmal verwundet. So langsam glaubte er an die merkwürdige Fähigkeit der alten Geburtshelferin, kommende Dinge vorauszusehen.

Die beiden Pferde Fix und Hummel kehrten nicht wieder zurück. Die Kokkoluotos erfuhren nicht, was mit ihnen passiert war, ob sie an Krankheiten eingegangen oder bei Bombenangriffen umgekommen waren. Nach dem Krieg erhielt Tuomas ein offizielles Schreiben von der Armee, in dem ihm mitgeteilt wurde, dass der Staat für zwei zwangsverpflichtete Pferde Kriegsobligationen als Entschädigung zahlen würde, die nach fünf Jahren eingelöst werden könnten. Tuomas und Antti trauerten lange um ihre im Krieg gefallenen Pferde. Tuomas entschied, dass er sich keine neuen mehr anschaffen würde. Ihm reichte als Transportmittel der Studebaker, dessen ehemaliger Besitzer Major Ruben Leppänen zu Beginn des Winterkrieges bei den Abwehrkämpfen in Vammelsuu gefallen war.

Suoma Oinonen, Anttis Verlobte, war die Tochter des Kajaanier Baumeisters Reino Oinonen und seiner Frau Lilja. Laut Suoma war ihr Vater ein netter und ruhiger Mensch, aber die Mutter, Baumeistersgattin also, war mächtig ein-

125

gebildet. Als die Tochter zu Hause von ihrer Absicht erzählt hatte, den Sohn eines Kleinhändlers zu heiraten, war die Mutter empört gewesen. Ihre einzige Tochter verdiente angeblich etwas Besseres als einen Ladenschwengel zum Mann. Zu allem Überfluss war der potenzielle Schwiegersohn im Krieg Pferdeführer gewesen und vom Rang her bloß Korporal. Suomas Vater war immerhin Leutnant.

Bald nach dem Winterkrieg fuhr Antti zusammen mit seinen Eltern nach Kajaani, um sich vorzustellen. Der Studebaker war immer noch hervorragend in Schuss. In der Stadt stiegen die Kokkoluotos im Hotel *Seurahuone* ab und bezogen die besten Zimmer. Hanna hatte sich sehr hübsch zurechtgemacht. Tuomas und Antti trugen neue zweireihige Anzüge. In der bescheidenen Kleinstadt fiel die Familie ordentlich auf und machte auch mächtig Eindruck auf Anttis künftige Schwiegermutter, als sie mit dem glänzenden Studebaker beim kleinen Häuschen des Baumeisters vorfuhr. Suomas Mutter konnte gar nicht schnell genug die Kultivierte und Wohlhabende herauskehren, als sie sah, welche Gäste da in ihr Haus kamen. Lilja musste neidvoll anerkennen, dass die Kaufleute in Kokkola offenbar doch zur reichen und gebildeten Oberschicht gehörten. Kein Gedanke mehr daran, dass sie sich den Heiratsplänen ihrer Tochter widersetzt hätte.

Suoma Oinonen und Antti Kokkoluoto wurden im Herbst 1940 in der Kirche von Kajaani getraut. Der Tag war verregnet und windig, aber auf die Stimmung hatte das keinen Einfluss. Der Vater des Bräutigams fuhr das junge Paar und die nächsten Angehörigen mit dem Studebaker zur Kirche. Lilja Oinonen hatte dafür gesorgt, dass die Trauung von Probst Calamnius, dem früheren Pfarrer der Kirchgemeinde, vollzogen wurde. Der Mann war bereits recht betagt, aber das hinderte ihn nicht daran, eine forsche Traurede zu halten, in der er die Freuden der Ehe mit den himmlischen Freuden verglich. Seiner Meinung nach sollten die Frischvermählten ohne Scheu und in vollen Zügen ihre geistige wie auch körperliche Liebe genießen, selbst wenn man gerade schwere Kriegszeiten erlebe. Am Ende seiner Rede wurde er politisch. Der Probst sagte, dass der gegenwärtige Friede seiner Meinung nach nur ein vorläufiger Friede sei.

»Es wird noch der Zeitpunkt kommen, da unser Volk Gelegenheit hat, den östlichen Bären mit seinen bluttriefenden Lefzen gründlich zu verbläuen.«

Und wenn der Vergeltungsfeldzug, wie er hoffte, bald glücklich in Gang gekommen wäre, würden die beiden neu vermählten jungen Leute zu den tragenden Kräften der tapferen Truppen gehören: Kriegsheld Antti und Lottaheldin Suoma. Auf sie und ihresgleichen könnten die Veteranen, die nunmehr bereits den wohlverdienten Ruhestand genossen, unbedingt vertrauen.

Am Nachmittag klarte das Wetter auf, auch der Wind flaute ab, sodass das Hochzeitsmahl im Freien eingenommen werden konnte. Die Tische wurden hinausgetragen, und alle machten sich über die Kainuuer Delikatessen her, die die Gattin des Baumeisters zubereitet hatte. Da gab es kleine Maränen nach Sotkamoer Art, Elchbraten, verschiedene Rouladen und zum Schluss natürlich die mehrschichtige Hochzeitstorte.

Im Verlaufe der Mahlzeit machten die Väter von Braut und Bräutigam nach guter alter Sitte einen Gang hinter die Sauna. Sie genehmigten sich ein paar Schlucke aus Tuomas' Flasche, denn gemäß der Prinzipien von Lilja Oinonen gab es an der Hochzeitstafel keinen Alkohol. Tuomas erwähnte stolz, dass es echter Branntwein aus jenen Zeiten sei, da man ihn heimlich übers Meer an Finnlands Küste und von dort sogar bis hierher nach Kajaani gebracht habe. Tuomas verriet, dass er sogar selbst zusammen mit seinem Sohn in dieser Sache aktiv gewesen sei. Reino Oinonen habe jetzt einen Schwiegersohn, von dem er im äußersten Notfall stets einen guten Schluck bekommen könne. Reino bedankte sich gerührt für das Versprechen. Er verriet, dass er sehr unter dem Abstinenzwahn seiner Gattin leide – nicht, dass er ein Säufer sei, aber in der Baubranche habe ein völlig abstinenter Mann nun mal schlechte Karten.

Die Hochzeitsreise unternahm das junge Paar natürlich im Studebaker. Obwohl sich Europa im Krieg befand, wurde beschlossen, ins Ausland zu reisen, allerdings nur nach Schweden, das noch nicht vom Krieg betroffen war. Der Aufbruch erfolgte drei Wochen nach der Hochzeit, nach Abschluss der Kartoffelernte. Antti fuhr nach Kajaani, um seine junge Frau abzuholen. Alles, was sie auf der Reise brauchte, wurde ins Auto gepackt, und zusätzlich auch die übrige Habe der jungen Frau. Nach der Reise wollte sich das Paar in Ykspihlaja niederlassen, wo Antti jederzeit Arbeit im Hafen fände. Mithilfe von Linnea Lindeman würden sie sicherlich ein geeignetes Zimmer finden, das ihnen als erste gemeinsame Wohnung dienen konnte.

Zunächst fuhren sie von Kajaani nach Oulu und von dort nach Kemi und Tornio. Zur Nacht gingen sie in eine Pension. Am nächsten Tag fuhren sie nach Umeå weiter, wo sie auch übernachteten. Sie waren jetzt in Schweden, hatten aber beide keine Sprachprobleme. Antti als Kokkolaer sprach gut Schwedisch. Und Suoma stammte zwar aus

Kajaani, war aber ebenfalls nicht auf den Mund gefallen, denn sie hatte die Schule bis zum Abitur besuchen dürfen. Sie sprach außer Schwedisch auch Deutsch, von dem sie annahm, dass es die führende Sprache des neuen Europa werden würde.

Auf der Rückfahrt übernachteten sie in Oulu und fuhren schließlich nach Kokkola. Müde, aber glücklich begannen sie damit, ihr neues Leben und ein gemeinsames Heim einzurichten.

Linnea Lindeman besorgte dem Paar ein nettes Zimmer in der Saaristokatu, am Rande von Hafen und Marktplatz in Ykspihlaja. Es war das Hofgebäude eines Holzhauses, im Winter recht kalt, aber zu jener Zeit wärmte die Liebe das Paar noch gut. Bei strengerem Frost konnten sie zu Linnea gehen. Die Hebamme unterhielt bei kaltem Wetter von morgens bis abends ein Feuer in ihrem offenen Kamin.

Während des Winters verlud Antti im Hafen Holzware zur Verschiffung nach Deutschland. In seiner Freizeit fischte er, versenkte Netze unter dem Eis, zog sie von Eisloch zu Eisloch und machte meist einen recht guten Fang. Suoma verkaufte das, was sie nicht brauchten, auf dem Markt in Kokkola, wo man ihr eine entsprechende Genehmigung erteilte. Die junge Frau war gegen Ende des Winters bereits hochschwanger, und vielleicht hatte man deshalb Mitleid mit ihr und gestattete ihr den Fischhandel. Im Frühjahr nach der Eisschmelze musste Suoma schließlich ihre Fahrten zum Markt aufgeben, denn die Zeit der Geburt nahte.

Lilja Oinonen hätte sich gewünscht, dass ihre einzige Tochter daheim in Kajaani entband. Antti erklärte kurz und bündig, dass es seiner Schwiegermutter nicht zustehe zu entscheiden, wo die Kinder des Paares zur Welt kämen. Als dann der errechnete Termin herankam, gab er Suoma in Linnea Lindemans sachkundige Hände.

Linnea erhitzte wie üblich genügend sauberes Wasser, breitete weiche Robbenfelle und saubere Laken über das Kreißbett und klopfte die Kopfkissen auf. Sie beruhigte die junge Mutter, indem sie ihr die einzelnen Phasen des kommenden Ereignisses erklärte. Es bestehe keine Gefahr, die Geburt sei ein natürlicher Vorgang, wenn auch oftmals recht schmerzhaft, und verlange von der Frau tapferes Durchhaltevermögen, so wie es das Leben generell von den Frauen verlange. Suoma brauche die kommenden Anstrengungen nicht zu fürchten. Linnea rühmte sich damit, Hunderte Babys auf die Welt geholt zu haben.

Suomas und Anttis erstes Kind war ein Mädchen mit dichtem Haar, das, sowie es auf der Welt war, eifrig strampelte und so laut schrie, dass Linnea prophezeite, es würde zu einer schönen und gebieterischen Frau heranwachsen.

Das Kind wurde in der ersten Maiwoche auf die Namen Helinä Sanelma getauft. Am nächsten Tag musste Antti Kokkoluoto wieder zur Armee. Angeblich würde der Krieg, sofern er überhaupt ausbrach, nur drei Wochen dauern, und bis zur Heumahd wären die Männer wieder zu Hause.

18   Die Reiter greifen an

Korporal Antti Kokkoluoto kam als Pferdeführer zur Artillerie der 7. Division. Eigentlich hätte er diesen Truppen schon während des Winterkrieges angehören müssen, aber er hatte seinen Krieg damals in der Karelischen Landenge geführt, weil man angenommen hatte, dass man dort eher gute Pferdeführer brauchte als an den nördlichen Frontabschnitten.

Anttis Einheit war von Mai bis Juni in Ilomantsi stationiert. Antti sollte die Reitergruppe einer schweren Haubitze befehligen. In der Endphase des Winterkrieges war er zum Untersergeanten befördert worden, und so hatte er jetzt in seiner Gruppe fast zwanzig Pferdeführer oder Reiter. Die Gruppe zog das schwere Geschütz auf einem vierrädrigen Lafettenwagen mit sechs paarweise angespannten Pferden. Außer den Zugpferden gab es noch vier weitere Pferde, sie wurden vor die Wagen gespannt, die Quartierausrüstung, Waffen und Munition beförderten. Falls Zugpferde in den Kämpfen fielen, konnten diese Ersatzpferde ihren Platz einnehmen.

Die Pferde waren in gutem Zustand. Sie waren im Frühjahr darin ausgebildet worden, das Geschütz flott, aber ruhig zu ziehen. Gelenkt wurde das Gespann so, dass zwei Männer, Pferdeführer also, in den Sätteln saßen, einer auf dem Pferd vorn links und der andere auf dem zweiten oder dritten Pferd rechts, wobei diese Anordnung bei Bedarf geändert werden konnte. Die Aufgabe der Reiter war es, den Tieren Vertrauen zu vermitteln und sie durch das oftmals unwegsame Gelände zu lenken. Die restlichen Männer waren zu Fuß unterwegs und sorgten fürs Weiterkommen, schlugen etwa eine Schneise durch den Wald, damit die Haubitze an ihren Bestimmungsort gelangen konnte.

Zu Beginn des Sommers verdichteten sich die Anzeichen für einen Krieg. In Anttis Batterie wurden täglich Schießübungen veranstaltet. Die Kanoniere pflegten ihr Gerät, die Feuerleiter und Melder überprüften ihre Funkgeräte und Entfernungsmesser. Aus den Depots wurde Munition gebracht.

Antti bestach den Versorgungsfeldwebel seiner Batterie mit zweitausend Mark und konnte den Mann so dazu bewegen, ihm ein paar Kisten mit Knäckebrot auszuhändigen. Dieses Brot verteilte er nicht etwa an die Männer, sondern an die Pferde. Antti mochte die Gäule seiner Gruppe, und wenn sie bei den Übungen ihre Sache gut gemacht hatten, ließ er sie durch seine Männer mit je einer Scheibe Knäckebrot belohnen. Das Brot wurde vorher in warmem Wasser aufgeweicht, damit die Zähne der Tiere geschont wurden.

Am frühen Morgen des 22. Juni griff Deutschland die Sowjetunion an. Das war der Beginn der Operation Barbarossa, siegesgewisser Sturm gen Osten. Die Abwehrsiege der Finnen im Winterkrieg hatten den Deutschen den Eindruck vermittelt, dass die Großmacht im Osten militärisch schwach und leicht zu schlagen war, schließlich hatte es die Rote Armee nicht mal geschafft, einen so unbedeutenden Verteidiger wie das kleine Finnland zu besetzen. Der Eindruck erwies sich als grundfalsch. Auch die Finnen kamen in diesem Sommer nicht zur Heumahd nach Hause, im nächsten ebenfalls nicht, sondern erst im Sommer 1944, und zwar mit blutigen Köpfen.

Vier Tage nach dem deutschen Angriff trat auch die finnische Armee in den Krieg ein. Unter den Hunderttausenden Soldaten, die sich in Marsch setzten, befanden sich auch Antti Kokkoluotos Reiter und gute Pferde.

Im Quartierzelt lauschten die Männer der Rede von Staatspräsident Risto Ryti, die im Radio übertragen wurde. Er sagte, dass die Finnen für die Freiheit des Vaterlandes zu den Waffen griffen, für den Lebensraum des Volkes, für den Glauben der Väter und für eine freie Gesellschaftsordnung. Finnland habe stets mit der Bedrohung aus dem Osten leben müssen. Jetzt sei es endlich an der Zeit, diese Bedrohung zu beenden und künftigen Generationen ein glückliches und friedliches Leben zu sichern.

Antti Kokkoluoto dachte über seine Chancen nach, zur Heumahd nach Hause zu kommen. Wenn der Krieg gut liefe, könnte er im Herbst einen eigenen Trupp von Stauern bilden, der die kompletten Verladearbeiten für ein Schiff übernehmen könnte. Er rechnete sich aus, dass er es auf diese Weise persönlich leichter hätte und dass mehr Geld hereinkäme. Suoma könnte in Raahe die Handelsschule besuchen, vorausgesetzt, Mutter Hanna oder Linnea würden im Winter das Kind betreuen.

Oberst Svensson, der Kommandeur der 7. Division, verkündete in seinem Tagesbefehl, dass die von ihm befehligte Division an der Landesgrenze konzentriert worden sei. Auch er sprach, genau wie Präsident Ryti, von der Sicherung der Freiheit und Unabhängigkeit Finnlands.

»Wenn ich von nun ab diese Division befehlige, tue ich dies in dem sicheren Glauben, dass jeder einzelne Mann sich seiner Pflicht und der Verantwortung für das Vaterland und für die kommenden Generationen unseres Volkes bewusst ist, dass er sich im Klaren darüber ist, dass die Schlagkraft unserer Waffen schon heute die Zukunft unseres Vaterlandes und das Schicksal unseres Volkes bestimmt, dass die Lebensbedingungen unserer Kinder ganz und gar davon abhängen, wie wir in dieser Zeit der Heimsuchung unseres Volkes unsere Pflicht erfüllen.«

Das war ein feierlicher Aufruf, und als solcher wurde er auch empfunden. Die Männer sahen in dieser Rede des Kommandeurs nichts Übertriebenes oder Überflüssiges und bewahrten jedes Wort tief in ihrem Inneren. Der Tagesbefehl wurde nie zitiert und kaum erwähnt, aber jeder wusste die ernsten Worte richtig einzuordnen.

Die Kriegsroute des Untersergeanten Antti Kokkoluoto und seiner Männer und Pferde führte von Ilomantsi nach Tohmajärvi, über die Grenze nach Jänisjärvi und im Ergebnis vieler Kämpfe nach Sortavala, und von dort immer weiter in den Osten, nach Kolatselkä, Vieljärvi, Kaskana, schließlich ans Ufer des Ääninen. Auch als die Seenlinie erreicht war, gab es kein Ausruhen, sondern es ging längs des Ufers weit nach Südosten, nach Soksu, Gora und bis nach Baranabi. Es war ein rasanter Feldzug, der länger als drei Monate dauerte. Die Haubitze dröhnte unterwegs Hunderte Male, spie Tod aus ihrem klaffenden Rohr. Die Rote Armee musste vor der Macht zurückweichen, obwohl sie erbitterten Widerstand leistete. Die Kämpfe tobten in der Einöde und in kleinen Dörfern. Der Feind bescherte den Finnen viele Verluste, konnte aber die Wucht des Angriffs nicht brechen.

Antti Kokkoluoto dachte oft darüber nach, ob Linnea Lindemans seltsame Prophezeiung wohl wirklich stimmte, ob er tatsächlich bis zum Jahr 1990 leben würde. Konnte ein erwachsener Mann wirklich daran glauben? Waren es nur makabre Scherzworte einer listigen Hexe, mit denen sie die Gutgläubigkeit eines naiven jungen Mannes auf die Probe stellen wollte? Vielleicht wollte Linnea ihre Freundin Hanna hinsichtlich der Zukunft ihres Sohnes beruhigen. Vielleicht wollte sie die engsten Freunde von ihren Fähigkeiten überzeugen, wenigstens in dieser Sache, die nichts kostete, aber ein unterschwelliges Gefühl des Vertrauens schuf? Aus dem Winterkrieg war Antti lebend zurückgekehrt, aber würde der Schutz auch in diesem Weltkrieg weiter Bestand haben?

Der Untersergeant Kokkoluoto beschloss, den Wahrheitsgehalt der Prophezeiung auf die Probe zu stellen. Linneas Wort stand hier gegen sein eigenes Leben. Während der ganzen Angriffsphase begab er sich absichtlich in unerhört gefährliche Situationen, fuhr sein Haubitzengespann oftmals bis an die vorderste Linie. Im Kanonenfeuer stieg er in den Sattel, um die Tiere aus der Schusslinie zu bringen. Er erkundete gemeinsam mit mehreren Männern das Vorfeld, um geeignete Fahrwege zu finden, und dehnte diese Streife oft bis hinter die Feindlinien aus. An den Kämpfen nahm er teil, als wäre er Infanterist, er zerstörte die Nester des Feindes und nahm Gefangene. Diese tollkühnen, fast idiotischen Aktionen überstand er ein ums andere Mal mit heiler Haut, ohne Verwundungen. Seine Kameraden waren sich sicher, dass der Untersergeant über kurz oder lang fallen würde, weil er doch mit voller Absicht den Tod suchte. Aber nein: Es war, als würde irgendein übernatürliches Wesen den irren Kämpfer schützen.

Am Ende der Angriffsphase musste der reißende Syväri überquert werden. Die Haubitze wurde auf der Westseite des Stroms mitsamt der übrigen Batterie abgestellt, und die Pferde wurden vor Lastwagen gespannt, mit denen technisches Zubehör für die Überquerung ans Ufer geholt wurde – Schnellboote, Schleppkähne und Pontons. Ein ganzes verstärktes Regiment sollte übersetzen. Als das Zubehör am Ufer war, wurden die Pferdeführer mit ihren Pferden dem Regiment eingegliedert. Ziel der Aktion war es, gegenüber am Ostufer des Stroms eine Brückenkopfstellung zu erobern. Um das Gerät zu bewegen, brauchte man Pferde.

Die Überquerung des Syväri war für die Nacht des fünften Oktober geplant, aber der Termin platzte, weil die Kompanie vorn an der Spitze sich weigerte, den dunklen Fluss zu überqueren. Im Krieg bedeutet so etwas im Allgemeinen Kriegsgericht und im schlimmsten Falle das Todesurteil. Trotzdem blieben die Männer bei ihrer Weigerung, und auch in der folgenden Nacht fand keine Überquerung statt. Die widerspenstige Truppe bekam eine Standpauke zu hören, in der ihr mit ernsten Folgen gedroht wurde. Schließlich setzte die Vorhut am nächsten Nachmittag um 14.00 Uhr über, bei hellem Tageslicht.

In der Spitzengruppe befand sich auch der Untersergeant Antti Kokkoluoto. Die Überfahrt war begleitet von heftigem Kanonenfeuer und Granatwerferbeschuss. Maschinengewehre gaben Feuerschutz, als die Boote ins Wasser geschoben wurden. Die Luftwaffe sicherte am Himmel die Truppenbewegung. Antti saß vorn im Führungsboot wie ein Küstenjäger in seinem Element. Kaum jemand hätte geglaubt, dass hier ein bloßer Pferdeführer angriff, ein Reiter, der ein Gewehr in der Hand hielt. Im Kugelhagel überquerten die Boote den breiten Fluss.

Antti starrte in das brodelnde dunkle Wasser, um zu kontrollieren, ob irgendwo Wasserminen lagen oder ob Senkholz herumschwamm. Vom Bug des Schnellbootes aus entdeckte er nur ein paar Holzknüppel, die, wie er vermutete, zu Reusen gehörten. Keine Gefahr.

Die meisten Männer der Spitzengruppe gelangten lebend hinüber. Im weiteren Verlauf des Tages wurde die Brückenkopfstellung auf viele Kilometer ausgedehnt, und mit Prahmen wurden drei von Anttis Pferden mitsamt der Sommerschlitten und allem Drum und Dran herübergebracht. Als das gesamte verstärkte Regiment übergesetzt hatte, beruhigte sich die Situation. Jetzt erinnerte sich Antti an die Holzstöcke. Er fuhr mit dem Ruderboot hinaus, um sich anzusehen, mit welcher Art von Fanggeräten die russischen Soldaten den Syväri bestückt hatten.

Am Ostufer waren etwa zwanzig Reusen mit je zwei Öffnungen ausgelegt worden. Besonders interessant war, dass sie eckig und nicht oval waren wie die finnischen. Ob dies das traditionelle russische Modell oder eine unter Frontbedingungen entwickelte einfache Variante war, war unmöglich zu sagen. Antti prüfte sie alle, denn die Fischer der Roten Armee waren viele Kilometer in den finsteren Wald zurückgedrängt worden. Und ein beträchtlicher Teil von ihnen lag mit ausgestreckten Beinen im Ufergehölz, sodass sie keinen Fisch mehr brauchten.

Die Reusen enthielten eine Menge Hechte, Barsche, Plötzen und sogar Brachsen. Antti schätzte, dass es gut dreißig Kilo waren. Er holte ein paar seiner Männer zu Hilfe und nahm mit ihnen die Fische aus. Dann zündeten sie Lagerfeuer an und setzten in ihren Kochgeschirren Fischsuppe auf. Antti ließ die Kunde unter den Landetruppen verbreiten, dass es Kriegsbeute in Form von Hechten und Barschen zu verteilen gab.

Die Angriffsphase, die mehrere Monate gedauert hatte, war zu Ende. Die finnischen Truppen gruppierten sich zur Verteidigung, ein Stellungskrieg begann. Antti Kokkoluoto wurde für seine Heldentaten zum Sergeanten befördert. Im Stillen begann er bereits daran zu glauben, dass Linnea Lindeman tatsächlich Hexenkräfte besaß. Das war zwar seltsam, aber vielleicht doch nicht unmöglich. Schließlich glaubten auch viele Menschen an Gott, obwohl ihn niemand je lebend gesehen haben dürfte. Alle hatten immer nur von ihm gehört.

Zu Beginn des Stellungskrieges rechnete sich Antti aus, dass er noch fast fünfzig Jahre Lebenszeit vor sich hätte. Irgendwie ein erleichternder Gedanke in einer Welt, die Krieg führte.

19 Blutiger Abwehrsieg

Die Frontlinien zwischen Finnland und der Sowjetunion erstarrten für mehrere Jahre. An der nördlichen Front des Zweiten Weltkriegs begann ein zermürbender und lang anhaltender Stellungskrieg. Sergeant Antti Kokkoluoto lebte während all dieser Winter und Sommer im Unterstand, so wie die anderen finnischen Soldaten. Er nahm gern an Schießwettkämpfen teil, die in regelmäßigen Abständen veranstaltet wurden. Als Mann mit ruhiger Hand schnitt er stets gut ab, bekam viele Auszeichnungen und galt als Meisterschütze der Division. Dafür wurde er mit Heimaturlauben belohnt. Viele Male im Jahr fuhr er nach Ykspihlaja, und während des Krieges wurde ihm denn auch ein weiteres Kind geboren, ein fröhlicher kleiner Junge.

Suoma schrieb sich für zwei Kriegswinter als Studentin an der Bürger- und Handelsschule von Raahe ein. Während sie studierte, wurden ihre Kinder von der Schwiegermutter in Kokkola betreut, und einmal in der Woche holte der Schwiegervater sie mit seinem luxuriösen Studebaker ab und brachte sie wieder zurück zum Studienort. Die junge Mutter bewältigte das Studium glänzend und bekam einen guten Arbeitsplatz als Buchhalterin im Hafenkontor von Ykspihlaja, gleich nachdem sie im Frühjahr 1942 das Studium abgeschlossen hatte.

Fern in Karelien studierte ihr Mann Antti ebenfalls Buchhaltung und Wirtschaft mithilfe der Fachbücher, die Suoma ihm schickte. Das Paar unterhielt einen lebhaften Briefwechsel. Praktische Dinge behandelten sie darin kaum, eher füllten Liebesbotschaften die Zeilen. Antti lernte mithilfe von Suomas Lehrbüchern Deutsch, obwohl man nach der Schlacht bei Stalingrad erkannte, dass es Deutschland nicht gelingen würde, die Rote Armee zu schlagen und den Weltkrieg zu gewinnen.

Bei seinen Heimaturlauben registrierte Antti, dass in Ykspihlaja ein Stützpunkt der Deutschen gebaut worden war. Von dort aus versorgten die Waffenbrüder ihre riesigen Truppenverbände in Petsamo und Norwegen. Im Hafen erhoben sich ein großes Barackendorf und eine riesige Anzahl verschiedener Magazine. Sie wurden streng bewacht, und es empfahl sich nicht, all die feinen Dinge, die darin lagerten, zu begehren. Schilder mit Totenköpfen darauf machten deutlich, dass Diebe hingerichtet werden würden. Ein kleiner Junge aus Ykspihlaja brachte es trotzdem nicht fertig, den Lebensmittelmagazinen fernzubleiben. Er stibitzte eine Tüte Haferflocken und versteckte sich mit seiner Beute unter dem Magazin. Ein deutscher Wachposten zerschoss ihm beide Beine.

Im Hafen trafen Schiffe mit riesigen Mengen Strohballen ein, die zu Mieten von der Höhe zweier, sogar dreier Häuser aufgestapelt wurden. Auch sie wurden streng bewacht, damit nicht etwa Saboteure das Stroh anzündeten. Trotzdem geriet eine Miete in Brand, vielleicht steckten ja kleine Jungen dahinter, und sie brannte dick qualmend mehrere Wochen lang.

Das Stroh wurde als Viehfutter benötigt. Die deutsche

Kriegsmaschinerie verbrauchte an der Nordfront riesige Mengen Fleisch und Käse. Also beschlagnahmten die Deutschen in dem von ihnen besetzten Dänemark Tausende schwarzbunter Rassekühe und verschifften sie unter anderem nach Ykspihlaja. Antti Kokkoluoto konnte beobachten, wie brutal die Deutschen ihre Kühe behandelten, wie sie mit dem Gewehrkolben auf sie einschlugen, ähnlich wie sie es mit den Menschen auf dem Transport ins Konzentrationslager machten. Von der Fahrt im dunklen Frachtraum bei stürmischer See waren die Kühe ohnehin bei der Ankunft im Hafen außer sich. Wenn sie dann aus dem Frachtraum auf den Kai gehievt wurden, gingen sie endgültig durch und die Deutschen mussten stundenlang hinter den Rindviechern herrennen. Auch Antti Kokkoluoto wurde dazu verdonnert, den Kuhhirten zu spielen. Durch sein ruhiges Verhalten bewirkte er, dass sich die Tiere allmählich entspannten. Und die Deutschen wunderten sich, dass sich ein finnischer Unteroffizier nicht zu schade war, Kühen den Hals zu tätscheln und mit ihnen zu sprechen.

Während des Krieges gelangte Ykspihlaja auf grausame Weise zu Internationalität. Nicht nur die Deutschen waren da, sondern auch russische Kriegsgefangene hielten sich im Dorf auf. Ein Lager war entstanden, man hatte das Gewerkschaftshaus mit einem Stacheldrahtzaun umgeben und auf das Gelände Baracken gebaut. Antti Kokkoluoto sah, wie die Gefangenen zur Arbeit in den Hafen und in die Düngemittelfabrik gebracht wurden. Die armen Kerle waren in schlechter Verfassung. Wenn die Züge mit den Gefangenen auf dem Bahnhof ankamen, waren viele der Männer so krank, dass sie auf allen vieren aus dem Viehwaggon kriechen mussten, so erzählte man Antti. Bei einigen flatterte die Hose, weil ihnen ein Bein amputiert worden war.

Vater Tuomas Kokkoluoto erlebte im zweiten Kriegssommer einen schweren Verlust. Die Armee beschlagnahmte sein prächtiges Auto. Im Raum Kokkola hatte man sich ohnehin schon gewundert, wieso es dem Kaufmann erlaubt war, in seinem pompösen Studebaker herumzufahren, einmal pro Woche seine Schwiegertochter nach Raahe und zurück zu chauffieren und nebenbei in der ganzen Gegend Schwarzmarktware für seinen Laden zu besorgen. Nun wurde das Auto also beschlagnahmt, und Tuomas wurde zum Fußgänger.

Tuomas rühmte sich, freiwillig auf seinen Luxuswagen verzichtet zu haben. Dieser stand jetzt Marschall Mannerheim in Mikkeli, wo sich das Hauptquartier der Streitkräfte befand, zur persönlichen Verfügung. So wurden die ohnehin neidischen Leute noch neidischer. Sie nannten es haarsträubend, dass der Oberbefehlshaber der Armee auf der Rückbank des Wagens eines Kokkolaer Kleinhändlers sitzen musste.

Der beschlagnahmte Studebaker wurde bald zum Favoriten der Generäle des Hauptquartiers, denn er hatte einen starken Motor, die Federung war robust und das Äußere protzig. Besonders der Hauptquartiermeister Generalleutnant A. F. Airo war begeistert und bat hin und wieder um Erlaubnis, sich ans Steuer setzen und ausprobieren zu dürfen, wie sich der Luxuswagen fuhr. Mannerheim gestattete es seinem General, den er sehr schätzte.

Auf einer Inspektionsfahrt hockte der Generalleutnant wieder mal hinter dem Steuer. Unterwegs hatte er, mehr oder weniger heimlich, aus seinem Flachmann Kognak ge-

142

schlürft, den er während seiner Militärausbildung in Frankreich schätzen gelernt hatte. Airo trat eifrig aufs Gaspedal. In einer sanften Kurve kam der Wagen bei erheblichem Tempo von der Straße ab und sauste auf einen Acker. Zum Glück, denn wäre dort ein Wald gewesen, hätten sich die Insassen womöglich schwer verletzt oder wären gestorben. Nicht auszudenken, dass Marschall Mannerheim auf der Rückbank des Wagens von Kaufmann Kokkoluoto ums Leben gekommen wäre.

Zum Glück kam das Auto auf seinen Rädern zu stehen, und als die übrige Begleitung herbeieilte, wurde es mit vereinten Kräften auf die Straße geschoben. Beschämt überließ Generalleutnant Airo das Steuer wieder dem offiziellen Fahrer.

Allerdings hatte das Ganze Folgen. Mannerheim klagte über Bauchbeschwerden, denn die Därme eines alten Mannes reagieren empfindlich selbst auf kleinste Erschütterungen.

Im Tross des Oberbefehlshabers wurde natürlich kein spezielles Feldklosett mitgeführt, aber gewiefte finnische Soldaten lassen sich nicht mal durch ein solches Problem aus der Ruhe bringen. Die Adjutanten und Fahrer eilten in den Wald, schlugen mit der Feldaxt ein paar Espenstangen ab und errichteten in Windeseile einen Donnerbalken, wie es ihn im Krieg bei jedem Unterstand gab. Weil auf die Schnelle keine Nägel zu beschaffen waren, benutzten die Männer ihr Koppel, um die Stangen zusammenzubinden. Das Ergebnis war stabil und sogar für den ungeduldig wartenden Marschall Mannerheim geeignet. Nachdem er sein Geschäft erledigt hatte, bedankte er sich bei Generalleutnant Airo für diese neue Erfahrung. Leise murmelte er vor sich hin:

»Lausebengel.«

Nach langem Stellungskrieg begann der Großangriff der Roten Armee am neunten Juni mit einem unglaublich starken Artilleriefeuer in Valkeasaari, und dieser Schlag der sowjetischen Bodentruppen brach die Front auf.

Die Finnen verlegten eilig schwere Artillerie und Truppen auf die Karelische Landenge, um den übermächtigen Feind abzuwehren, der mit aller Macht Finnlands Verteidigung in der Absicht zu durchbrechen versuchte, einzumarschieren und das ganze Land zu besetzen. Das bedeutete, dass auch Sergeant Kokkoluotos Pferdegespann zusammen mit der schweren Batterie per Bahn nach Kannas geschafft wurde, wo man Anfang Juli eintraf.

Die Abwehrkämpfe von Kannas waren unglaublich hart. Bei Tali und Ihantala wurde Antti Kokkoluotos Gespann vom Angriff überrollt, als der Feind die Verteidigungslinien durchbrach. Es war ein heißer Tag und ganz Karelien lag unter blauem Rauch. Die Artillerie dröhnte pausenlos, Waldbrände wüteten, die versprengten finnischen Truppen eilten gen Westen in neue Verteidigungsstellungen. Antti Kokkoluotos Gruppe geriet an diesem mörderischen Tag hinter die Linien. Artillerie beschoss das Gespann, wobei ein Pferd und zwei Reiter sofort starben, ein weiterer Reiter namens Aaretti Huhtala und zwei Zugpferde wurden schwer verletzt. Gemeinsam mit seinen verbliebenen Männern spannte Antti Ersatzpferde an, schwang sich selbst in den Sattel des vordersten Pferdes und stürmte dann in wildem Galopp auf die eigenen Linien zu.

Sie kamen an einen kleinen Fluss, über den eine Art Brücke führte. Eigene und feindliche Truppen eilten gen Westen, alle durcheinander. Die Schüsse der Maschinenfeuerwaffen und Gewehre ließen sich kaum vom pausenlosen Gedröhn der Artillerie und der Luftwaffe unterscheiden. Finnische Pioniere sprengten vor Anttis Nase die Brücke über den Fluss. Das Sprengkommando erwartete kein weiteres Geschütz mehr, auch konnte es in dem dichten Rauch die Ankömmlinge gar nicht sehen. Antti stellte sich in die Steigbügel und preschte mit dem Gespann ohne zu zögern direkt ins Wasser. Die wild gewordenen Pferde platschten durch den Fluss. Die schwere Haubitze tauchte am anderen Ufer aus dem Wasser auf, dass der Schlamm zig Meter weit spritzte. In einem Höllengalopp erreichten sie schließlich nach einigen Kilometern die eigenen Truppen, gelangten hinter die neue Verteidigungslinie. Die Flanken der Pferde waren schaumbedeckt, und als die Männer rasch Wasser brachten, tranken die Tiere viele Eimer leer. Die schwere Haubitze wurde in Stellung gebracht, die Feuerleiter gaben Ziele aus und die Kanoniere brachten eine Ladung Geschosse. Nach wenigen Minuten begann das Geschütz zu donnern. Wenn eine schwere Haubitze spricht, dann schwankt der Boden. Die Mündungsflammen loderten gelb durch den dicken Qualm wie die Zungen eines Drachen. Die ganze Batterie feuerte pausenlos, der Angriff des Feindes geriet ins Stocken.

In diesen Kämpfen von Ihantala feuerte die finnische Artillerie innerhalb eines Tages mehr als je zuvor, insgesamt elftausend Schuss. Gegen Abend wurde an die Leute Feldverpflegung ausgegeben, die Antti Kokkoluoto rasch hinunterschlang. Er erklärte, er wolle hinter die Linien zurückkehren und versuchen, seinen Reiter Aaretti Huhtala zu holen, der dort schwer verwundet zurückgeblieben war. Man verbot es ihm, aber Antti ging davon aus, dass er auch diese Aktion lebend überstehen werde, hatte er doch zuvor schon schlimme Situationen überlebt.

Antti mied den Weg von vorhin, auf dem bereits die Fahrzeuge des Feindes zu sehen waren. Er streifte durch die geschundenen Wälder hin zu der Stelle, an der Aaretti und die Pferde zurückgeblieben waren. Ein kleines Häschen, im Sommer geboren, schrak im Gras auf, es sprang ein paar Meter weg und stellte sich dann auf die Hinterpfoten um zu lauschen, woher diesmal die Gefahr drohte.

Mühelos fand Antti seine Pferde, denn er hörte schon von Weitem das traurige Wimmern der verletzten Tiere. Ein sterbendes Pferd wiehert nicht, es jault, seine Stimme zeugt von Qual und Angst. Antti beugte sich über das erste Tier, das auf der Seite lag, er sah ihm in die Augen, versuchte es zu beruhigen, strich ihm über das Maul, tätschelte seinen Hals und seine Schulter. Ein Granatsplitter hatte seinen Bauch einen halben Meter lang aufgeschlitzt, aus der Öffnung quoll stinkendes Gedärm. Krieg ist nicht schön, er ist grausam, blutig und schmutzig. Das Pferd erkannte seinen Reiter, erwiderte den Blick, gab einen leisen Laut von sich. In seinen Augen lagen Vertrauen und eine Spur Freude, es seufzte. Antti streichelte sein Stirnhaar und setzte ihm dann die Pistole an die Schläfe. Schuss.

Beim zweiten Pferd waren mehrere Splitter durch den Hals gegangen, es war bewusstlos, lebte aber noch. Ein zweiter Schuss.

Nachdem er seine Kriegspferde erschossen hatte, eilte Antti zu seinem Kameraden Aaretti Huhtala. Der lag auf dem Rücken, sein Brustkorb war blutverschmiert, die Feldbluse völlig durchnässt. Antti prüfte den Puls, der schlug spärlich. Aaretti war noch bei Bewusstsein, konnte aber kaum mehr sprechen, er sagte nur:

»Es ist wohl aus.«

»Ich trage dich zu den Unseren, glaub mir, Aaretti.«

Äußerst vorsichtig hob Antti ihn auf den Rücken. Gebeugt, langsamen und stetigen Schrittes machte er sich auf den Weg. Im Schutz des Rauches, der über der Gegend hing, glaubte er durchzukommen. Aarettis Blut durchfeuchtete seinen Hemdrücken, es erschien ihm heiß auf der schwitzenden Haut. Kurz vor dem Fluss trat eine russische Streife aus dem Qualm, sie war nach dem Kampf damit beschäftigt, das eroberte Vorfeld von Finnen zu säubern. Mühelos konnte sie Antti Kokkoluoto gefangen nehmen. Aaretti Huhtala war zum Glück kurz vorher auf dem Rücken seines Retters gestorben. So blieb es dem guten Kämpen erspart, schwer verletzt in Gefangenschaft zu geraten.

20 Das harte Schicksal
des Kriegsgefangenen

Sergeant Antti Kokkoluoto stand jetzt erstmals dem Feind
Auge in Auge gegenüber. Sechs ganz gewöhnliche Burschen. Müde, verängstigt, unsicher. Aber jeder hatte eine
Maschinenpistole unter dem Arm. Die braunen Uniformen
waren neu, die Helme glänzten. Das waren Elitetruppen,
ausgeschickt, Finnland zu erobern. Die Burschen stießen
Antti vorwärts. Im pausenlosen Artilleriedonner waren einzelne Schüsse und Explosionen nicht zu unterscheiden.

Die Russen rissen Antti die blutige Feldbluse herunter und
warfen sie ins Gebüsch, dann banden sie ihm die Hände auf
dem Rücken zusammen. Sie marschierten mit ihm hinter
die Front. Nach einer halben Stunde kamen sie an den Stellungen schwerer Artillerie vorbei. Durch den Rauch blitz-
ten gelbe Mündungsflammen. Die mächtigen Rohre spien
tödliche Grüße zu den finnischen Linien hinüber. Ab und
zu warfen sich die Russen zu Boden, immer dann, wenn
die finnische Artillerie antwortete. Antti dachte bei sich,
dass er selbst zwar jetzt unbewaffnet war, seine Haubitze
aber weiterhin sprach.

Nach einstündigem Marsch erreichten sie die Sammelstelle
für Gefangene. Es handelte sich um ein großes Zelt, in dem
verwundete Finnen verbunden wurden. Einer lag auf der

Trage, ein anderer hatte am ganzen Körper Splitter abbe-kommen. Ein paar Dutzend Gefangene waren es insgesamt. Die blutbeschmierten russischen Sanitäter arbeiteten schweigend. Diejenigen Finnen, die am schwersten ver-letzt waren, bekamen Morphiumtabletten. Ein finnischer Leutnant starb. Einige Gefangene wurden dazu angestellt, die Bahren mit ihren verwundeten Landsleuten zu tragen. Der Rest musste Aufstellung nehmen. Wieder wurde mar-schiert, noch weiter hinter die Linien. Die Streife von vor-hin kehrte zurück, um die vordere Linie zu säubern, an ihre Stelle traten ein halbes Dutzend Wachsoldaten.

Mit Gewehrkolben trieben sie die Finnen an. Von ir-gendwo tauchte ein Offizier zu Pferde auf, der die Mar-schierenden mit seiner Peitsche zu bearbeiten begann. Er genoss es eindeutig, unbewaffnete Gefangene zu schlagen. Er beugte sich im Sattel herunter, um auch die Verwunde-ten auf den Tragen schlagen zu können, und peitschte ihnen ins Gesicht. Weiteres Blut floss, ganz als ob nicht schon genug geflossen wäre. Als die Peitsche vom vielen Schlagen zerbrach, prügelte er mit dem Pistolenkolben auf die Gefangenen ein, traf Antti Kokkoluoto mehrmals in den Rücken. Antti starrte dem reitenden Sadisten fest in die Augen und dachte: Wenn du noch ein einziges Mal schlägst, reiße ich dich aus dem Sattel und erwürge dich mit bloßen Händen. Damit endete für diesmal die Miss-handlung.

Sie erreichten den Stab, ein Bauernhaus, wo die Gefan-genen in den Keller gesperrt wurden. Ein Wunder, dass hier überhaupt noch ein unversehrtes finnisches Gebäude stand. Im Obergeschoss herrschte mächtig Betrieb, aus dem Stab gingen pausenlos Befehle an die Front. Finnlands

Boden wurde mit mächtigem Getöse erobert, da waren ein paar Kriegsgefangene kaum von Interesse.

Spätabends wurde Antti Kokkoluoto zu ersten Verhören aus dem Keller geholt. Zwei Stabsoffiziere saßen, umgeben von dickem Zigarettenqualm, in einem kleinen Dachzimmer. Sie waren ungeheuer müde. Die schwere Angriffsphase hatte ihre Spuren hinterlassen. Die beiden Männer hatten vermutlich mehrere Nächte nicht geschlafen. Antti wurde, außer nach den Angaben zur Person, nach der Truppenabteilung gefragt, nach seiner Aufgabe in der Armee, den Namen der Kommandeure, der Stärke seiner Einheit und vor allem nach Einzelheiten der Artillerie. Antti machte alle Angaben, denn es gab seiner Auffassung nach diesbezüglich nichts zu verheimlichen. Das Verhörprotokoll wurde unterschrieben, und der Gefangene wurde wieder in den Keller gebracht. Das war alles. Antti glaubte, dass damit sein Part erledigt war, aber später geriet er in die Fänge des berüchtigten NKWD, des Volkskommissariats für innere Angelegenheiten. Zunächst aber wurden er und die anderen Finnen durch das zerstörte Leningrad ins Gefangenenlager Wolosow geführt, das in Ingermannland lag. Es war ein regelrechter Spießrutenlauf durch die rachedurstige, ausgehungerte einheimische Bevölkerung.

Schon die Ankunft in der Stadt war entsetzlich. Auf den Straßen waren fast nur Soldaten sowie alte Männer und Kinder unterwegs. Die wenigen Frauen hatten vom Hunger aufgetriebene Leiber. Überall waren Ruinen und dazwischen grobschlächtige Bunker, Stacheldrahthindernisse und Löcher von Granateinschüssen.

Anttis blutiges Unterhemd war nach dem Trocknen steif wie Blech und scheuerte auf der Haut. Sein Rücken brannte von den Schlägen des Reiter-Offiziers. Essen hatte er zuletzt vor zwei Tagen bekommen. Er fühlte sich so schwach, dass er beim Eilmarsch kaum mithalten konnte. Aus den Lautsprechern dröhnte Siegespropaganda. Die Leute reagierten offen feindselig auf den Trupp unglücklicher Gefangener, den die Wärter, die mit Maschinenpistolen bewaffnet waren, durch die zerstörte Stadt trieben. An einer Newa-Brücke tauchte ein Auto auf, aus dem sich ein betrunkener Sowjetsoldat wälzte. Er hielt einen Kuhfuß in der Hand, den er dem Gefangenen, der vorn an der Spitze marschierte, über den Kopf hieb, dass es scheußlich knackte. Das Publikum applaudierte, bewarf die Gefangenen mit Steinen. Nur mit Mühe gelang es den Wärtern, die Gruppe von den Brücken weg und in eine ruhigere Nebenstraße zu führen. Die Gruppe der Besiegten humpelte schließlich aus der Stadt hinaus und schleppte sich zu Tode erschöpft und verzweifelt ins Gefangenenlager Wolosow.

Im Lager wurden die Finnen in zweistöckigen, aus runden Balken zusammengezimmerten Gebäuden untergebracht. Diese wären an sich erträglich gewesen, aber es war so eng, dass ein Teil der Gefangenen dicht an dicht auf dem Fußboden schlafen musste. Die Sachen wimmelten von Läusen, und über den Fußboden flitzten Ratten. Antti erhielt den Fetzen einer Filzdecke und anstelle seiner Uniformjacke einen dicken Drillichmantel, in dem er eher wie ein Mönch denn wie ein Soldat aussah.

Das Verhör des NKWD leitete ein Offizier im Rang eines Majors, unterstützt von einem Leutnant, der als Schreiber fungierte. Der Dolmetscher war ein finnischer Überläufer, ein unsympathischer und boshafter Kerl, der mit langer Lagerhaft und Hinrichtung drohte. Die Verhöre waren sehr gründlich, denn Anttis Kriegsheldentum war wohlbekannt. Sein ganzer Familienhintergrund wurde aufgerollt, die Etappen seines Lebens und seine politischen Ansichten wurden sorgfältig notiert. Von irgendwo hatten die Leute in Erfahrung gebracht, dass Anttis Vater seinerzeit in Ykspihlaja private Schießübungen veranstaltet hatte. Daraus schloss der NKWD, dass Antti den Schutzkorps angehört hatte und ein Rechtsextremist, somit also ein Erzfeind der Sowjetunion war. Um den Druck der Verhöre zu intensivieren, wurde er zwei Scheinhinrichtungen unterzogen. Sie bewirkten nichts, Antti brach nicht zusammen. Im Gegenteil, er erklärte, dass er selbst Opfer einer Entführung durch die Schutzkorpsleute geworden sei, doch das glaubte man ihm nicht. Die harten Verhöre, die zumeist nachts stattfanden, zogen sich länger als einen Monat hin. Tagsüber musste Antti auf der nahen Kolchose arbeiten. Das Essen war karg, denn in der ganzen Sowjetunion herrschte Hunger. Es hieß sogar, dass die Zivilisten noch weniger zu essen bekamen als die Gefangenen. Antti nahm in dem einen Monat fast zwanzig Kilo ab. Schließlich wurden er und einige andere Finnen im Marschschritt zum Bahnhof getrieben, wo sie in einen Viehwaggon steigen mussten, dessen Türen hinter ihnen geschlossen wurden, sodass sie im Dunkeln saßen. Im Fußboden befand sich ein rundes Loch zum Verrichten der Notdurft, und in der Ecke stand ein Eimer mit Trinkwasser.

Die öde Bahnfahrt dauerte zwei Wochen. Die meiste Zeit verging mit Warten auf Nebengleisen von Güterbahnhöfen, denn manchmal dauerte es Tage, ehe der Zug weiterfuhr. Das Ziel war die Stadt Tscherepowez sechshundert Kilometer nördlich von Moskau. Nach der Ankunft wurden die bärtigen, zotteligen und von Ungeziefer geplagten Reisenden in die Läusesauna gebracht, und diejenigen, die am schwächsten waren, kamen ins Krankenhaus. Auch Antti Kokkoluoto wurde für einige Tage dorthin gebracht, was ihm für diesmal das Leben rettete.

Das Lager 158 befand sich im Distrikt Wologda in der Nähe des Stausees von Rybinsk. Die Gegend war trocken und waldig, der Boden lehmig, was im Herbst und im Frühjahr zu matschigen Straßen führte. An drei Seiten grenzte das Lager an die Felder einer Kolchose, an der vierten an ein Dorf. Einen halben Kilometer entfernt floss der schöne Scheksna-Fluss.

Das Lager hatte etwas bessere Verpflegungssätze als jenes in Wolosowo. Offiziell sollten die arbeitenden Häftlinge täglich etwa vierhundert Gramm Brot, hundert Gramm Weizenmehl und Grieß, ebenso viel Fisch und ein halbes Kilo Pflanzenöl, Fett, Zucker, Kartoffeln und Gemüse bekommen, dazu Salz, Essig, Pfeffer und Lorbeer als Gewürze, außerdem Tee. Doch nur bei der Brotration stimmte die Menge einigermaßen. Die anderen Lebensmittel wurden häufig einfach weggelassen. Das frische Gemüse wurde zum Beispiel durch getrocknete Kartoffeln oder Kohl ersetzt. Bei diesen Essensrationen magerten die Häftlinge weiter ab, sie erkrankten und viele starben. Der Tagesablauf war streng geregelt: um fünf Uhr morgens Wecken, kurz nach sechs Aufbruch zur Arbeit. Mittagessen gab es dort, und um sechs Uhr erfolgte die Rückkehr ins Lager. Abends wurden Kleidung und Ausrüstung repariert, es wurde das wenige gegessen, was es gab, und um neun Uhr legte man sich schlafen.

Die meisten finnischen Häftlinge wurden entweder zur Waldarbeit oder zum Torfstechen im Sumpf abkommandiert. Einige bauten an einem Flusshafen und an einer Schiffsreparaturwerft, andere wurden beim Bau der Straße Wologda-Jaroslawl oder beim Bau der Brücke über den Fluss Mologa eingesetzt. Antti musste zum Torfstechen, was den Vorteil hatte, dass man in den Sümpfen dicke Ringelnattern fangen und auf den Waldinseln Pilze sammeln konnte. Die Wärter wunderten sich, wenn die Finnen sich in großen Blechbüchsen mit Pilzen gewürzte Schlangensuppe kochten.

Ob es nun an der Schlangensuppe lag, jedenfalls erkrankten Antti Kokkoluoto und viele andere, die die Suppe gelöffelt hatten, an Ruhr. Das war eine schwere Prüfung für die ohnehin geschwächten Männer. Antti magerte noch weiter ab. In den schlimmsten Zeiten wog er weniger als fünfzig Kilo. Der Tod schien so nah wie nie. Erst als man Antti und den anderen ein »Seuchenmittel« spritzte, setzte die langsame Genesung ein. Nicht allen konnte die Spritze noch helfen, denn die Krankheit schlug auf die Lungen, und so manchem Häftling wurde die Lungenentzündung zum Verhängnis. Noch viel mehr starben an Diphtherie, eingeschleppt von Häftlingen, die aus anderen Regionen der Sowjetunion ins Lager gekommen waren.

Überraschend war, dass den Kriegsgefangenen ein Lohn gezahlt wurde. Antti bekam als Sergeant den Tagessatz eines Unteroffiziers, das machte sieben Rubel im Monat. Er kaufte dafür Machorka. Da er selbst nicht rauchte, tauschte er die Zigaretten bei anderen Gefangenen gegen Brot ein.

Gegen Ende des Jahres war Antti bereits so schwach, dass er für den Arbeitseinsatz von der Klasse eins in die Klasse drei hinuntergestuft wurde, in der nur leichte Arbeiten verrichtet wurden. Die Klasse vier war den chronisch

Kranken vorbehalten. Scherzhaft hieß es im Lager, dass die Klasse fünf für die Toten vorgesehen war. Im Rahmen der leichten Arbeit wickelte Antti Garnrollen, zimmerte hölzerne Eimer und Fässer, fertigte Zigarettenetuis und Pfeifen. Sein körperlicher Zustand begann sich langsam zu bessern.

Im Lager bestand auch die Möglichkeit zur politischen Bildung, doch daran nahm Antti nicht teil, obwohl Gerüchte besagten, dass die Teilnehmer an den antifaschistischen Kursen als Erste nach Hause entlassen würden. Antti wollte sich nicht vom NKWD anwerben lassen und sich auf keinen Fall nach seiner Heimkehr als Spion für die Sowjetunion betätigen, denn auch das wurde ihm vorgeschlagen. So also gehörte er nicht zur ersten Gruppe, die nach Hause durfte, aber mit der zweiten kehrte er endlich nach Finnland heim – zu Weihnachten nach Hause.

21 Schwere Friedenszeit

Marschall Mannerheim wurde am vierten August 1944 als Nachfolger Risto Rytis zum Staatspräsidenten gewählt. Gleichzeitig blieb er Oberbefehlshaber der Streitkräfte. Die Nation war besorgt. Wohl noch nie hatte in Finnland so viel Macht bei einer einzigen Person gelegen. Natürlich wurden für Präsident Mannerheim neue Staatskarossen angeschafft, sodass er Tuomas Kokkoluotos Studebaker nicht einmal mehr in seinem Hauptquartier in Mikkeli benötigte, obwohl der an sich ein prachtvoller Wagen war und sich gut für Repräsentationszwecke eignete. Im Oktober bekam der Besitzer seinen Wagen zurück. Tuomas Kokkoluoto holte ihn aus dem Armeedepot in Oulu ab, wohin er auf dem Schienenwege gebracht worden war, bald nachdem sich die Deutschen aus der Stadt zurückgezogen hatten. Der Krieg an der Nordfront hatte sich nach Kemi und Tornio verlagert, wo die Finnen einen tollkühnen Trick angewandt hatten. Truppen waren mit Schiffen aus Oulu geholt und im Rücken der Deutschen abgesetzt worden.

Der Studebaker war besser in Schuss als je zuvor. Er hatte zwischenzeitlich nicht mit einem Holzvergaser fahren müssen, die Armee hatte für den Wagen des Oberbefehlshabers immer ausreichend Treibstoff bereitstellen können.

Suoma Kokkoluoto war inzwischen wieder hochschwanger. Die junge Frau arbeitete im Hafenkontor von Ykspihlaja. Ihre Kollegen mochten sie, obwohl sie immer noch den Dialekt von Kainuu sprach. Alle bedauerten die junge Mutter, deren Mann im Krieg verschollen war. Viele sagten ihr, dass Antti sicherlich nicht umgekommen, sondern in Kriegsgefangenschaft geraten sei. Diese Möglichkeit bestehe, versicherte man ihr. Daran wollte auch sie gern glauben, denn wie hätte Antti fallen können, wo ihm doch Linnea ein langes Leben prophezeit hatte.

Im Herbst bat Suoma um drei Tage Urlaub, denn sie wollte ihr Elternhaus in Kajaani besuchen, wollte Mutter und Vater sehen. Tuomas Kokkoluoto fuhr seine Schwiegertochter im Studebaker hin. Es war ein trauriger Besuch. Die Mutter bemühte sich nach besten Kräften, ihre Tochter zu trösten. Die Männer unterhielten sich leise über Antti, den Sohn und Schwiegersohn, stellten Vermutungen an, dass, wäre er gefallen, sein Leichnam nach der Vereinbarung des Waffenstillstands vermutlich an Finnland übergeben worden wäre.

Hanna besuchte häufig Linnea Lindeman, um sich zu erkundigen, wie es ihrem lieben und tapferen Sohn ginge. Linnea erzählte ihr, dass Antti nicht gefallen, sondern in Kriegsgefangenschaft geraten sei. Tröstend meinte sie, dass die Bedingungen in der Kriegsgefangenschaft natürlich hart seien, dass der Sohn aber in Anbetracht der Umstände in guter Verfassung sei. Im Sommer und Herbst habe er abgenommen, aber sonst bestehe keine Not.

Im Herbst erschien in Tuomas Kokkoluotos Laden ein fremder Mann, der den Kaufmann persönlich sprechen wollte. Sie gingen zusammen in den Innenhof, um sich zu unterhalten.

Der Mann war mittleren Alters, wirkte energisch und kam Tuomas irgendwie bekannt vor. Er stellte sich als Major Tauno Luukkonen aus Oulu vor. Obwohl er in Zivilkleidung war, erinnerte sich Tuomas jetzt, dass der Major ihn einst wegen der Krawalle beim Pferdeaufstand von Nivala verhört hatte. Tuomas hatte ihn als sachlichen, wenn auch strengen Offizier in Erinnerung, auch wenn er damals nur den Rang eines Leutnant besessen hatte.

Major Luukkonen kam direkt zur Sache. Er meinte, dass dem Vaterland jetzt nach dem verlorenen Krieg eine Besetzung durch die Sowjetunion drohe. Dafür gebe es viele beängstigende Anzeichen. Die Kontrollkommission erkunde ohne Umschweife die Verkehrsverbindungen, Telefonzentralen, Standorte der Depots, allerlei militärisch wichtige Dinge, die ein Besatzer brauche, wenn er ein Land in Besitz nehmen wolle. Und so sei beschlossen worden, mithilfe des Organisationsnetzes der ehemaligen Schutzkorps in einer landesweiten Operation Waffenverstecke einzurichten für den Fall, dass die Sowjetunion tatsächlich die Gelegenheit nutzen würde, ganz Finnland zu erobern. Tatsächlich wäre es der Roten Armee ein Leichtes, jetzt, da ein Großteil der finnischen Armee, gestützt auf das Waffenstillstandsabkommen, nach Hause entlassen worden sei und die verbliebenen Truppen in Lappland gegen die Deutschen kämpften. Die Nation sei, was das betreffe, völlig ungeschützt.

Major Luukkonen hatte den Auftrag bekommen, für den Fall eines Partisanenkrieges ausreichend Waffen in Ostbottnien zu verstecken. Nun fragte er also direkt an, ob

Tuomas Kokkoluoto diese Waffen lagern könnte. Es waren viele, und sie konnten nicht gut auf mehrere Leute verteilt werden. Für die Partisanen der Kompanie Kokkola waren bereits zu einem früheren Zeitpunkt eigene Waffen beschafft und rechtzeitig versteckt worden. Es war keine große Menge, nur dem Bedarf einer Kompanie angepasst, aber jetzt ging es um die Ausrüstung der Partisanen von ganz Ostbottnien. Deshalb wurde ein starker Mann mit Organisationstalent gesucht, dem man vertrauen konnte. Der Major erwähnte, dass er sehr wohl über das Verschwinden von Tuomas' Sohn, des Sergeanten Antti Kokkoluoto, in der Endphase des Großangriffs Bescheid wusste. Schon aus diesem Grunde, so vermutete der Major, würde der Kaufmann eine heimliche Bewaffnung zu schätzen wissen. Die Zeiten waren jetzt so schwer, dass man nicht mit gefalteten Händen dasitzen und abwarten konnte, welchen Verlauf die Geschichte wohl nehmen würde. Man musste sich auf das Schlimmste gefasst machen, nämlich auf eine Besetzung durch die Rote Armee. Luukkonen ergänzte noch, dass er wusste, dass sowohl Tuomas als auch Antti Kokkoluoto zu einer linken Gesinnung neigten. In den Akten der Armee gab es Vermerke über eine Entführung zu Zeiten der Lapua-Bewegung, die jedoch glücklicherweise arg in die Binsen gegangen war, und eine sozialdemokratische Gesinnung bedeutete noch keine Duckmäuserei vor den Russen.

Das waren deutliche Worte. Tuomas Kokkoluoto versprach, die Waffen sorgfältig zu verstecken. Sie würden zur Verteilung an die Partisanen bereitliegen, sowie das Land besetzt würde. Schon zu Zeiten des großen Unfriedens hatten die Partisanen unter der Führung von Tapani Löfving gegen die russischen Besatzer gekämpft. Dasselbe würde man auch jetzt wieder leisten können.

Für Tuomas galt es, einen kühlen Kopf zu bewahren, denn er durfte zu niemandem auch nur die kleinste Andeutung über das Vorhaben machen, nicht mal zu seiner Frau und vor allem nicht zu Linnea, die garantiert gleich einen ihrer berühmten Seherinnenträume vom kommenden Partisanenkrieg haben würde.

Der Major erkundigte sich, ob Kaufmann Kokkoluoto die Möglichkeit habe, ausreichend Geldmittel für die Erstaufbewahrung und die anschließende sichere Unterbringung der Waffen lockerzumachen. Es gehe um das Anwerben von vertrauenswürdigen Männern, die bei der Realisierung des Plans helfen sollten. Sie würden keinen Lohn bekommen, sondern alle freiwillig zum Wohl des Vaterlandes tätig werden. Trotzdem entstünden bei einer so großen Aktion natürlich Kosten allein durch Verpflegung, Unterbringung und den Treibstoff. Tuomas rühmte sich, genug Geld zu haben, um notfalls die Waffen für das ganze Land zu verstecken.

Nach dieser ersten Kontaktaufnahme verging nur eine Woche, und schon rumpelte ein Güterzug in den Bahnhof von Ykspihlaja, der mehrere Waggonladungen Ware für Kaufmann Kokkoluoto mit sich führte. Die Waggons wurden auf das Gleis vor Tuomas' Warenmagazin geschoben. In der folgenden Nacht tauchten im Schatten der Halle drei schweigsame, kräftige Männer auf. Die ganze Nacht hindurch entluden sie zusammen mit Tuomas die Waggons und karrten die Fracht ins Magazin. Als die Arbeit erledigt war, holte eine Rangierlok die leeren Waggons ab. Vor der Tür des Magazins bezog ein Mann Posten, um Wache zu halten. Tuomas selbst ging drinnen zwischen den Butter-dritteln, Salzsäcken, Teerfässern und Waffenkisten herum und versuchte sich einen Eindruck zu verschaffen, was man ihm alles anvertraut hatte.

Die langen Waffenkisten waren aus Sägebrettern zusammengenagelt. Die Deckel waren geschlossen, aber aus Neugier öffnete Tuomas einige, um zu erfahren, was sich darin befand. Wie er schon vermutet hatte, enthielten sie Gewehre, Maschinenpistolen, Schnellfeuergewehre. Es mussten Hunderte von Exemplaren sein, handelte es sich doch um mehrere Dutzend Kisten. In einigen der größten Behältnisse befanden sich Maschinengewehre und Granatwerfer. Auch leichte Panzerabwehrkanonen, in Einzelteilen verpackt, waren vorhanden. Die größte Menge machten jedoch schwere Patronen- und Munitionskisten aus Blech aus, in denen sich auch Unmengen von Handgranaten befanden. Brennstoff, Benzin und Öl war ebenfalls vorhanden, und zwar Hunderte Liter.

Tuomas Kokkoluoto musste daran denken, wie er einst zusammen mit seinem Sohn die schweren Branntweinkanister geschleppt und im Inneren von Dreschmaschinen versteckt hatte. Jetzt lagerte hier Ware, die noch heikler als Branntwein war. Wenn doch Antti jetzt zu Hause wäre …, gemeinsam könnten sie die Waffen irgendwo sicher verstecken. Ob der Junge überhaupt noch lebte?

22   Die Kokkoluotos verstecken Waffen

Gegen Ende des Jahres 1944 kam Antti Kokkoluoto aus der Kriegsgefangenschaft frei. Er gehörte zur zweiten Gruppe entlassener Gefangener, die am Weihnachtstag den finnischen Behörden übergeben wurde, nachdem schon im November mehr als tausend Mann entlassen worden waren. Jetzt brachten die Viehwaggons aus der Sowjetunion 549 Soldaten, und einer davon war Sergeant Antti Kokkoluoto. Im Frühjahr folgten dann noch einmal 89 Mann. Antti Kokkoluotos Gefangenschaft hatte ein knappes halbes Jahr gedauert. Keine sehr lange Zeit, aber die Erfahrungen waren dafür umso schlimmer. Er hatte in den wenigen Monaten ein Drittel seines Körpergewichts verloren, wog nur mehr knapp fünfzig Kilo. Seine Haut war ganz grau, sein Gang schleppend, er wirkte wie ein Gespenst. Antti und seine Schicksalsgefährten wurden im finnischen Hanko abgeliefert, wo es ein Quarantänelager gab. Die Gefangenen, die Schweres erlebt und durchlitten hatten, wurden keineswegs direkt zu ihren Familien entlassen, sondern zunächst warteten strenge Verhöre und eine zweiwöchige Isolation wegen eventueller ansteckender Krankheiten auf sie. Die Männer wurden überprüft, weil man befürchtete, dass sie mittels Drohung oder Bestechung als Spione angeworben worden waren. Nach dem Winterkrieg waren einige solcher Fälle bekannt geworden. Auch jetzt glaubte man, dass die Entbehrungen während der Gefangenschaft, Hunger, Krankheiten und das harte Leben die wehrlosen, dem Feinde ausgelieferten Soldaten seelisch gebrochen hätten.

Bei Antti Kokkoluoto mussten die verhörenden Beamten nicht lange überlegen. Seine Papiere boten nicht den leisesten Anlass für Zweifel. Im Gegenteil, er war ein geradezu grundehrlicher Mann, der sich während des ganzen Krieges ordentlich aufgeführt hatte. Obwohl er mit den Linken sympathisierte, war er kein Kommunist, und man konnte ihn beim besten Willen nicht verdächtigen, ein Spitzel der Russen zu sein. So wurde er denn zwei Wochen nach seiner Heimkehr in die Reserve entlassen.

Mitte Januar war Antti endlich zu Hause. Er war jetzt siebenundzwanzig und hatte für sein Alter viel durchgemacht. Als Erstes schloss er seine Frau und seine Kinder in die Arme. Die Fischsuppe, die Suoma gekocht hatte, schmeckte herrlich. Aus Hanko war signalisiert worden, dass den Rückkehrern keine sehr kräftigen oder fettigen Speisen vorgesetzt werden sollten, besser wäre es, die bis auf die Knochen abgemagerten Männer nach und nach aufzupäppeln, damit sie keine Kolik oder Darmverschlingung bekämen, an denen sie sterben könnten.

Am selben Tag, an dem er heimkehrte, ging Antti abends noch auf den Friedhof von Kokkola und stand lange am Grab seiner früheren heimlichen Verlobten Kerttu. Er hatte weder Blumen für sie noch konnte er ihr sonst etwas mitbringen. Woher sollte er auch mitten im Winter Blumen nehmen. Er war ein Mann, der in letzter Zeit Schlimmes durchlitten hatte, aber er war immerhin am Leben, wäh-

164

rend Millionen von Menschen in den Wirren des Weltkrieges umgekommen waren. Der magere Krieger dachte an Kerttu und an Suoma, seine Frau, und irgendwie wurde er froh. Aus dem Unterbewusstsein stieg der lautlose Wunsch, fast wie ein Gebet: Möge Suoma lange leben, möge sie eine alte Großmutter werden.

Nachdem er sich zwei Wochen Ruhe gegönnt hatte, wollte Antti Kokkoluoto wieder arbeiten. Er meldete sich im Hafenkontor von Yxspihlaja und teilte mit, dass er eine Firma zum Be- und Entladen von Schiffen gründen wolle, den Verladebetrieb Antti Kokkoluoto & Co. Mitinhaber war sein eigener Vater. Auch Linnea Lindeman beteiligte sich mit einer beträchtlichen Summe. Sie hatte im Laufe ihres langen Lebens ihr Bankkonto prall gefüllt mit dem Geld, das sie in der Geburtshilfe verdient hatte.

Seiner Frau erzählte Antti von seinem Traum, die steilen Stufen der Geschäftswelt eines Tages so hoch hinaufzuklettern wie seinerzeit Adolf Lahti oder die steinreichen Rodens. In die Höhen, die die Fabrikantenfamilie Friis erreicht hatte, würde er vermutlich nie vorstoßen, aber wenn er sich ordentlich anstrengte, würde er wohl wenigstens die alteingesessenen Kauf- und Geschäftsleute überholen. Suoma riet ihm, sich mit der Firma Rauanheimo gut zu stellen, in der haufenweise altes Geld aus Petsamo steckte.

Antti stellte in seiner Firma Frontkämpfer ein, die gerade nach Hause entlassen worden waren. In diesem Winter be- und entlud die Firma sechzehn Schiffe, zog ihren Profit aus den Reparationslieferungen. Das Geld floss, dennoch tat es weh, nagelneue Schiffe mit teuren Industrieprodukten zu beladen, die als Entschädigung für den verlorenen Krieg mitsamt der Schiffe an die Sowjetunion übergeben wurden. Aus den Maschinenfabriken trafen beinah täglich Züge in Ykspihlaja ein, deren Fracht Antti mit seinen Männern entlud – so wie es sein Vater vor ein, zwei Monaten mit jenem Zug gemacht hatte, der auf dem Gleis vor seinem Warenmagazin gehalten hatte.

Vater Tuomas glaubte, dass der geeignete Zeitpunkt gekommen war, dem Sohn zu verraten, welche Waren er in seinem Magazin lagerte. Antti war an sich über die Sache nicht weiter verwundert, nur die große Menge der Waffen irritierte ihn. Als Heimkehrer aus der Armee und der Kriegsgefangenschaft wusste er, dass man sich da auf wirklich gefährlichem Terrain bewegte. Falls die Sache herauskäme, könnte die Kontrollkommission der Verbündeten sie als Vorwand nehmen, das Land unter Druck zu setzen, könnte es im schlimmsten Falle des Bruches der Waffenruhe bezichtigen und es besetzen.

Nach Anttis Meinung konnten die Waffen nicht länger im Warenlager des Vaters bleiben. Es waren zu viele, und der Hafen war ein zu belebter Ort, als dass dort die Feuerkraft eines ganzen Bataillons oder gar Regiments aufbewahrt werden konnte. Und so schuftete Antti tagsüber im Hafen und verlud Reparationsgüter für die Sowjetunion und fuhr nachts mit dem Studebaker seines Vaters durch Nordostbottnien, begleitet von ein paar kräftigen Männern. Das Auto war so mit Waffenkisten vollgestopft, dass die Federn das Fahrgestell berührten. Aber der Luxuswagen war stark und geräumig, sodass ein Großteil der Kisten damit in die Provinz geschafft werden konnte. Die schwersten Kisten wurden allerdings mit Lastwagen transportiert, die Antti billig im Hafen von den Fahrern mieten konnte. Nachts brauchten sie ihre Fahrzeuge nicht, aber sie ahnten sehr wohl, dass damit heiße Ware in geheime Verstecke transportiert wurde. Die Lagerung der Waffen war vielen bekannt, aber niemand dachte auch nur im Traum daran, die Sache an die Behörden zu melden. Das Volk stand vereint hinter dem gefährlichen Vorhaben.

Die Waffen und die Munition wurden an sorgfältig ausgesuchten Orten versteckt. In zuverlässigen Bauernhäusern wurden zusätzliche Zwischenwände eingezogen, in den Scheunen wurden tiefe Löcher in die Erde gegraben, dräniert und mit Brettern abgedeckt, über die anschließend vorjähriges Heu geharkt wurde. Viele Keller, Dachböden und ausgetrocknete Brunnen wurden genutzt. In einem entlegenen Dorf wurde eine Dreschscheune zum Warenlager umfunktioniert. Man benötigte trockene Lagerplätze für die Funkgeräte, Kompasse, Ferngläser, für den Sprengstoff und die Dokumente wie Karten und Mannschaftsverzeichnisse. Auch das Bethaus von Yli-Kurikka, das nur im Sommer und auch dann nur für die Mittsommerhochzeit in Gebrauch war, wurde mit freundlicher Unterstützung des Hilfspfarrers in ein Warenlager umgewandelt. Der junge Geistliche beteiligte sich eifrig an der Arbeit, die, wie er glaubte, vom Herren selbst gesegnet war. Er war während des Krieges Feldpastor am Syväri gewesen und kannte Antti Kokkoluoto noch aus jenen Zeiten.

Und sogar der Kommissar des Distrikts Yli-Kurikka unterstützte das Vorhaben, indem er dafür sorgte, dass die Polizisten von den nächtlichen Aktivitäten nichts merkten. Er verschaffte ihnen genügend andere Einsätze, besonders in jenen Nächten, in denen das schwerere Kriegsmaterial transportiert wurde. Zuverlässige Männer aus der Gegend opferten sich fürs Vaterland, indem sie ungeheure Mengen

Schnaps tranken, den der Kommissar bezahlt hatte, anschließend begannen sie Schlägereien, sodass die Polizisten alle Hände voll zu tun hatten, die Streithähne zu trennen. Suoma Kokkoluoto arbeitete erfolgreich im Hafenkontor. Schwiegermutter Hanna kümmerte sich gern tagsüber um die Kinder, kochte der Familie sogar für abends das Essen. Haus und Laden in Kokkola wurden weiterhin von Tuomas betreut. Sowohl der Vater als auch der Sohn unternahmen in jenem Winter seltsame Fahrten, die sich oft bis in die frühen Morgenstunden hinzogen. Hanna fragte sich, ob sich Tuomas auf seine alten Tage eine andere Frau angelacht hatte. Logisch schien das nicht, denn warum wollte der Kerl die nächtlichen Ausflüge unbedingt zusammen mit seinem Sohn unternehmen? Oftmals waren auch noch andere Männer dabei. Irgendetwas Geheimnisvolles und Gefährliches war im Gange. Es war nur zu hoffen, dass sich Vater und Sohn nicht in Schwierigkeiten brachten.

23 Antti kommt wieder ins Gefängnis

Das Waffenstillstandsabkommen mit der Sowjetunion brachte es mit sich, dass Finnland die deutschen Truppen aus dem Norden seines Landes vertrieb, immerhin mehr als zweihunderttausend Mann waren dort noch unterwegs. Die ehemaligen Waffenbrüder brannten auf ihrem Rückzug sämtliche Gebäude nieder und sprengten die Brücken und Fabriken in die Luft, mit anderen Worten, sie zerstörten ganz Lappland total. Der Krieg hielt bis Ende 1944 an, und erst nach dem Jahreswechsel verließen die Deutschen das zerstörte Land, die letzten im Spätwinter 1945. Endlich zog Frieden ein, aber auch der war sehr brüchig.

Tuomas und Antti Kokkoluoto waren wegen ihrer Waffenverstecke ständig auf der Hut. Antti nahm seine Schießübungen wieder auf, diesmal allerdings nicht zum Zwecke der Kriegsvorbereitung, sondern als Sport. Aus dreihundert Metern Entfernung erreichte er mit zehn Schuss zumeist fast hundert Punkte, über neunzig in jedem Falle.

Suoma hielt nichts von der Ballerei ihres Mannes, aber er versicherte ihr, dass er nicht beabsichtigte, den Schützenvereinen der ehemaligen Schutzkorps beizutreten. Er wollte an den Olympischen Spielen teilnehmen, die in einigen Jahren in Helsinki stattfinden sollten, und erhoffte sich dort einen Medaillenplatz. Es empfahl sich, rechtzeitig mit dem Training zu beginnen. Zum Glück blieben ihm noch fast zehn Jahre bis zur Olympiade. Wenn er es bis dahin nicht schaffte, der sicherste Schütze der Welt zu werden, konnte der Fehler nur bei ihm liegen.

Im Frühjahr 1945 flogen die Waffenverstecke auf. In Oulu hatte irgendein gemeiner Schuft, der von den Verstecken wusste, damit gedroht, sich an die Kontrollkommission zu wenden, wenn man ihm nicht eine beträchtliche Geldsumme für sein Schweigen zahlte. Auf die Erpressung ging niemand ein, und so kam die Sache ans Licht. Es wurden Waffen gefunden, und die Zeitungen berichteten in riesigen Lettern. Die Situation war irgendwie paradox, denn eigentlich hatten die für die Aktion Verantwortlichen, alles Stabsoffiziere, bereits im Herbst beschlossen, freiwillig und unauffällig die geheimen Lager aufzulösen und die Waffen wieder in die Depots der Armee zurückzuführen, aus denen sie ursprünglich stammten. Die Waffen waren jedoch übers ganze Land verteilt worden – fast in jedem Distrikt gab es Verstecke –, sodass eine unauffällige Rückführung nicht möglich war. Und so wurden die Verstecke also doch gefunden. Es kam zu einer Welle von Denunziationen. Die Kokkoluotos waren beunruhigt und warteten nur auf den Moment, da auch ihre Waffenlager verraten werden würden.

Grund zur Sorge bestand tatsächlich, denn die linksextremistische Presse, allen voran das »Freie Wort« als Zentralorgan der SKDL, der Demokratischen Union des finnischen Volkes, nutzte die Enthüllungen für ihre Propaganda. »Die Waffenverstecke nennen, die Schuldigen verhaften«, titelte sie. In Kiuruvesi, wo die Sache ans Licht gekommen war, versammelten sich Mitglieder der Freundschaftsge-

170

sellschaft Finnland-Sowjetunion, der Kommunistischen Partei, der Demokratischen Union und sogar Sozialdemokraten und Gewerkschafter und verlangten von der Regierung die Verhaftung und Bestrafung der Verbrecher.

Diese Nachrichten dominierten das ganze Frühjahr hindurch die Schlagzeilen. Als Folge davon suchten Tuomas und Antti Kokkoluoto den örtlichen Vorsitzenden der Sozialdemokraten auf, um zu prüfen, ob sie während der Kriegsjahre ihre Mitgliedsbeiträge entrichtet hatten. Es gab tatsächlich Außenstände, also bezahlte Tuomas sie und ließ sich eine Quittung geben.

Immer mehr Waffenverstecke wurden in der Provinz zutage gefördert. In Sotkamo wurden Ende März unter anderem zwei Gewehre, achtundzwanzig Stück Granatwerfermunition, drei Kisten mit Handgranaten, sechshundert Gewehrpatronen und ein Fass mit Benzin gefunden. Solche kleinen Verstecke wurden mal hier und mal dort ausgeräumt und lieferten der Presse immer wieder neuen Stoff.

Während des ganzen Frühjahrs und Sommers spürte die staatliche Polizei VALPO weitere Verstecke auf. Schuldige wurden festgenommen und in Untersuchungshaft gesteckt, hauptsächlich in die Helsinkier Haftanstalten Katajanokka und Sörnäinen. Die Offiziere, die die Operation zu verantworten hatten, wurden im Juni festgenommen. Später wurden sie zu Haftstrafen verurteilt. Etliche von ihnen konnten vorher nach Schweden fliehen, von wo sich der eine und andere in die USA oder nach Südamerika absetzte.

Die Waffenverstecke von Vater und Sohn Kokkoluoto flogen im Sommer 1945 auf. Die staatliche Polizei hatte aus mehreren Quellen Hinweise erhalten, dass der Kaufmann und sein Sohn eine große Menge Waffen versteckt hatten, die ihnen aus den Armeedepots überantwortet worden waren. Beide wurden festgenommen und kamen in Untersuchungshaft.

Im ganzen Land begannen umfangreiche Verhöre. Das Innenministerium gründete eigens eine spezielle Untersuchungskommission. Insgesamt wurden in der Angelegenheit etwa sechstausend Verdächtige verhört und mehrere tausend Strafen verhängt. Diese fielen größtenteils kurz aus, und die Untersuchungshaft wurde angerechnet. Mit all den Verhören, Gerichtssitzungen und Urteilssprüchen war es der größte Prozess in der Geschichte der nordischen Länder.

Tuomas Kokkoluoto kam nach drei Wochen Untersuchungshaft wieder auf freien Fuß, aber Antti musste fünf Monate in den Gefängnissen von Katajanokka und Sörnäinen absitzen.

Die Untersuchungshaft in Katajanokka dauerte etwa einen Monat. Irgendwie war der finnische Knast gemütlich, verglichen mit dem russischen. Das Gefängnis von Katajanokka war sauber, der Steinfußboden gewischt. Die Wärter schlugen die Gefangenen nicht, brüllten sie nicht einmal an. Das Essen schmeckte, und es gab genug. Antti Kokkoluoto fand, dass das Gefängnis von Katajanokka gut und gern fünf Sterne verdient hätte, während er dem Lager von Tscherepowetsch nur einen Stern verleihen würde.

In Katajanokka saß auch Tauno Luukkonen, ehemaliger Schutzkorpsmajor aus Oulu, ein. Er hatte versucht, nach Schweden zu fliehen, als die Sache mit den Waffenverstecken aufflog, aber man hatte ihn kurz vorher in Haaparanta

geschnappt. Luukkonen fürchtete, dass er eine lange Haft-
strafe bekommen würde. Antti und er begegneten sich
viele Male beim täglichen Hofgang.

Luukkonen sagte in den Verhören für Antti aus, beteuerte,
dass Sergeant Kokkoluoto aus aufrichtiger Überzeugung
heraus gehandelt und niemals beabsichtigt habe, sich gegen
die legitime Gesellschaftsordnung zu stellen. Im Gegenteil, seine Motive seien rein patriotischer Art gewesen. Er
habe sich zum Partisanenkrieg bereit erklärt für den Fall,
dass die Rote Armee das Land besetzen würde.

Trotzdem wurde Antti zu fünf Monaten Gefängnis verurteilt, die letzten Wochen musste er in Sörnäinen absitzen.
Dort befanden sich bereits Dutzende Männer aus dem
ganzen Land, die verurteilt worden waren, weil sie Waffen
versteckt hatten. Der berühmteste von ihnen war Generalleutnant Aksel Fredrik Airo, den die staatliche Polizei für
den Drahtzieher hielt. Der Verdacht ließ sich nie bestäti-
gen. Egal, der General musste fast drei Jahre in Sörnäinen
absitzen.

Der General und viele andere hochrangige Mittäter spielten
auf dem Gefängnishof regelmäßig Volleyball. Airo war ein
leidenschaftlicher Raucher. Anttis Vater Tuomas Kokkoluoto organisierte souverän die Zivilversorgung der Häftlinge, und so bekam auch der General seine Glimmstängel
kostenlos. Sergeant Antti Kokkoluoto wurde selbstver-
ständlich in die Volleyballmannschaft der Generäle aufge-
nommen. Aufmerksam wie er war, spielte er denn auch ausgezeichnet. Airo mit seiner geringen Körpergröße war nicht
besonders erfolgreich im Spiel, stand in den Spielpausen da
und zog nervös an seiner Zigarette, sonst war er aber ein
netter Mann und wusste auch gut Bescheid über Anttis

Heldentaten im Krieg. Besonders interessierten ihn Anttis Erfahrungen in der Kriegsgefangenschaft. Als der vom Eilmarsch durch Leningrad erzählte, meinte Airo, dass man vielleicht doch Flugblätter über der Stadt hätte abwerfen und die Leute darauf aufmerksam machen sollen, dass die Finnen nicht an der Seite der Deutschen die Stadt zerstört, sondern vielmehr die Bewohner vor Massenbombardierungen bewahrt hatten.

Der General und der Sergeant sprachen unter anderem auch viel über Mannerheim, den Airo für einen recht fähigen Militär, wenn auch für hoffnungslos altmodisch hielt. Airo zufolge war Finnland auf die Verteidigungskämpfe in der Karelischen Landenge nicht gut genug vorbereitet gewesen, obwohl man doch im Frühjahr und Sommer laufend Informationen über die Truppenkonzentration der Sowjets erhalten hatte. So war man denn Opfer eines Überraschungsangriffs geworden. Antti berichtete von seinen eigenen Erfahrungen als gemeiner Soldat in dieser großen Schlacht und von den Umständen, unter denen er in Kriegsgefangenschaft geraten war. Airo bestätigte, dass die finnische Armee in diesen Tagen viele gute Männer verloren hatte.

Auch von den Fahrten im Studebaker wusste Airo viele lustige Geschichten zu erzählen. Er lobte den Wagen, sagte, es habe sich gut darin gesessen, und die Maschine sei so stark gewesen, dass sich der Wagen kaum auf der Straße halten ließ. Airo verriet, dass er den Wagen unzählige Male selbst gefahren habe. Normalerweise habe der Marschall auf der Rückbank gesessen. Einmal habe Airo die Kontrolle über den Wagen verloren, und man war auf dem Acker gelandet.

»Viel fehlte nicht, und der Oberbefehlshaber wäre zum Heldentoten geworden«, meinte er lachend.

Für die Kokkoluotos endete der ganze Schlamassel erst Ende des Jahrzehnts, und er blieb Vater und Sohn ein Leben lang im Gedächtnis haften. Das große Publikum hielt die beiden nicht für Verbrecher, übrigens auch keinen der anderen Männer, die in der Sache verurteilt worden waren. Im Gegenteil, immer mehr Kunden frequentierten Tuomas Kokkoluotos Läden. Er besaß zu dieser Zeit drei in Kokkola und einen in Ykspihlaja. Man lebte immer noch in Zeiten der Rationierung, aber die Bauern fanden, dass Tuomas und sein Sohn sich geopfert und stellvertretend gelitten hatten. In Kokkoluotos Läden gab es daher immer genug Milch, Fleisch und Getreide.

In den Fünfzigerjahren begannen sich die Finnen mit dem Eifer eines Sportvolkes auf die Olympischen Spiele vorzubereiten. Die bitteren Kriegserfahrungen sackten auf den Grund von Antti Kokkoluotos Erinnerungen. Im Jahre 1948 wurde er dreißig und hatte in Ykspihlaja bereits einen festen Platz als Unternehmer erobert. Zwanzig Mann waren bei ihm ständig beschäftigt, und oftmals, wenn besonders viel Arbeit anfiel, be- und entluden bis zu hundert Mann in seinem Auftrag die Schiffe. Seine Frau Suoma hatte ihre Arbeit im Hafenkontor aufgegeben, denn inzwischen hatte das Paar schon vier Kinder. Suoma kümmerte sich jedoch um Buchführung und Rechnungswesen in Anttis Verladebetrieb.

In jenen Jahren trainierte Antti zwei- bis dreimal pro Woche Pistolenschießen. Er wollte bei den Olympischen Spielen siegen, aber noch wichtiger war ihm, sich künftig selbst verteidigen zu können. Zwei Gefängnisaufenthalte waren genug. Er würde es nicht zulassen, dass die Russen oder die staatliche Polizei es noch ein weiters Mal versuchten, ihn in Ketten zu legen. Antti schwor sich, dass er jeden, der den Versuch wagte, abknallen würde wie eine Krähe im Baum.

Antti Kokkoluoto wurde als Teilnehmer am freien Pistolenschießen in die finnische Olympiamannschaft gewählt. Er hatte sich im Laufe der Jahre zum finnischen Meister in dieser Disziplin entwickelt, sodass man auch bei der Olympiade von Helsinki eine gute Platzierung von ihm erwartete. Die ganze Sippe Kokkoluoto reiste geschlossen mit dem Zug in die Hauptstadt, denn der Studebaker war mittlerweile zu unbequem für lange Touren. Tuomas hatte versucht, ihn zu verkaufen, aber niemand wollte das veraltete Modell mehr haben. So fuhr Tuomas den Luxuswagen in sein Depot und bockte ihn auf.

Bei den Ausscheidungswettkämpfen leistete sich Antti einen schlimmen Fehler. Er feuerte seiner Meinung nach die normalen zehn Schuss ab, aber als das Ergebnis geprüft wurde, war es außergewöhnlich gut, er hatte über hundert Punkte erzielt. Wie war das möglich! Es stellte sich heraus, dass Antti elf Patronen gehabt hatte. Hatte man ihm die zusätzliche elfte aus Versehen gegeben, oder hatte er sie klammheimlich selbst geladen?

Die Sache wurde untersucht, denn die Organisatoren konnten auf einer Olympiade nicht die kleinste Unehrlichkeit dulden. Antti sagte sich enttäuscht, dass er künftig Zielschießen mit dem Maschinengewehr betreiben würde. In dieser Disziplin wäre niemand in der Lage, die Anzahl der Patronen zu zählen.

Der Vorsitzende des Organisationskomitees der Olympiade von Helsinki, der agile Adlige Erik von Frenckell, wurde zurate gezogen. Man erkundigte sich diskret, wie man bei dem merkwürdigen Schießproblem verfahren solle. Als unerschütterlicher Garant für einen sauberen Ruf des finnischen Sports verbot Frenckell Anttis Teilnahme an den Wettkämpfen. Selbst wenn Antti unschuldig sein sollte, würde die Sache garantiert international viel Staub aufwirbeln, und das würde Finnlands gutem Ruf als Ausrichter der Spiele schaden. Damit musste sich Antti zufriedengeben. Und weil er dankbar für das erzielte Gentleman-Agreement war, überreichte Frenckell ihm einen dicken Stapel Eintrittskarten, die es ihm und seiner Familie ermöglichten, die ganze Olympiade, von der Eröffnung bis zur Abschlussveranstaltung, als Zuschauer zu verfolgen. Zum Zeichen der Versöhnung lud Frenckell Antti schließlich auch noch in den Vergnügungspark Linnanmäki ein, wo man gepflegt miteinander speiste. Anschließend kamen die beiden Männer auf die Idee, Meerjungfrauen abzuschießen. Das waren Mädchen, die für die Aufgabe engagiert worden waren, im knappen Badedress aufreizend auf schiffsähnlichen Attrappen zu posieren. Immer wenn der Schütze sein Ziel traf, platschte ein Mädchen kreischend in das darunter befindliche Wasserbecken. Frenckell war ziemlich beschwipst und erzielte keinen einzigen Treffer, aber Antti holte mit sicherer Hand sämtliche Meerjungfrauen von den Planken. Der ausgelassene Abend im Vergnügungspark endete damit, dass Suoma Antti zum Schlafen ins Hotel brachte, während Frenckell all die Schönen, die unzählige Male ins Wasser gefallen waren, am späteren Abend nach Hause begleitete. So hatte der Gentleman die ganze Nacht hindurch keine Langeweile.

24   Linnea Lindeman stirbt

Im Winter 1956 nahm Linnea Lindeman keine schwangeren Frauen mehr an. Sie erklärte, sie sei schon zu alt für die Arbeit als »schwarze Hebamme«, wie sie sich manchmal bezeichnete. Kein Wunder, denn sie war im Herbst sechsundachtzig geworden. Es gab jedoch noch einen zweiten und wichtigeren Grund, die Praxis zu schließen. Die Gesundheitsbehörde hatte bei ihr zu Hause eine Kontrolle durchgeführt und ihr streng verboten, ihre Quacksalberei weiterzubetreiben. Falls sie nicht aufhöre, sich als selbsternannte Geburtshelferin zu betätigen, würde man sie vor Gericht stellen und ihr eine hohe Geldstrafe aufbrummen. Linnea war erschüttert. So wurden ihr jetzt also die Hebammenrechte entzogen, die sie, gestützt auf ihren Verstand, ihr Können und ihre Erfahrung, selbst erworben und seit dem Ende des vergangenen Jahrhunderts segensreich angewandt hatte? Die Inspektoren sagten, dass kein Anlass bestehe, mit einer solch ernsten Sache frivole Scherze zu treiben. In Finnland gebe es inzwischen gut ausgebildete Hebammen und auch Frauenärzte zur Genüge. Jüngst habe Doktor Seppo Sorjonen sein Amt als Leiter der Entbindungsstation des städtischen Krankenhauses von Kokkola angetreten, ein begabter junger Arzt voller Hingabe an seinen Beruf. Die Zeit der Kurpfuscher sei endgültig vorbei.

»Aber ein Kind hole ich noch auf die Welt«, verkündete
Linnea entschlossen, als die Beamten kopfschüttelnd das
Haus verließen. Ein dreistes Weib! Recht bemerkenswert,
hatte in sechzig Jahren angeblich mehr als fünfhundert
Kinder auf die Welt geholt. Wäre sie eine ausgebildete
Hebamme oder Frauenärztin gewesen, hätte man ihr für
ihre Verdienste einen Orden verliehen.

Jenes letzte Kind kam im Januar 1956 zur Welt, zur selben
Zeit, da die Sowjetunion den Marinestützpunkt Porkkala
an Finnland zurückgab. Die glückliche Mutter war Suoma
Kokkoluoto, die so mit Linneas Hilfe bereits ihr siebtes
Kind gebar. Suoma hätte sich ohne Weiteres ins städtische
Krankenhaus unter die Fittiche von Doktor Sorjonen bege-
ben können, aber sie vertraute den modernen Hebammen
und Ärzten nicht richtig. Jedes ihrer Kinder war von Linnea
auf die Welt geholt worden. Die beiden Frauen hatten sich
im Laufe der Jahre angefreundet, und da die Gebärende bereits über dreißig war, wollte sie mithilfe der vertrauten
und erfahrenen Volkshebamme entbinden. Bei nicht mehr
ganz jungen Müttern konnten Komplikationen auftreten,
das wusste Suoma, und auch deshalb musste die Geburtshilfe sachkundig sein. Im Stillen hatte Suoma beschlossen,
dass dieses siebte Kind ihr letztes sein sollte. Das letzte
wäre es auch in Linneas langer Laufbahn.

Rechtzeitig vor der Geburt begab sich Suoma in Linneas
Haus. Sie und ihr Antti wohnten mit den Kindern nicht
mehr in der kleinen Wohnung zur Untermiete. Antti hatte
direkt an der Hafenbucht eine zweistöckige, mit schönen
Holzschnitzereien verzierte Villa gekauft. Vater Tuomas
hatte für den Kredit gebürgt und auch sonst finanziell bei
der Anschaffung des Hauses geholfen. In den beiden Etagen

war ausreichend Platz für die große Familie. Von den Einkünften aus seiner Verladefirma konnte Antti eine Haushaltshilfe einstellen und ein neues Auto kaufen, einen geräumigen russischen Wolga. Der Studebaker wäre noch fahrtüchtig gewesen, aber technisch war er bereits hoffnungslos veraltet: Die Schaltung war steif und nicht synchron, die Federn quietschten, der Wendekreis war enorm und auch sonst fuhr sich der Wagen schwer und verbrauchte mehr Sprit als zwei Wolgas zusammen.

Linnea und Suoma hatten sich vorgenommen, die Geburt feierlicher als sonst zu gestalten. Dazu gab es schließlich allen Grund, denn es kam das siebte und letzte Kind der Mutter, und es endete die lange und verdienstvolle Laufbahn der Hebamme, die ihr allerletztes Baby auf die Welt holte. Hanna beteiligte sich an dem Fest, indem sie für ihre Schwiegertochter und Linnea eine riesige Torte backte. Aus Tuomas' alten und scheinbar unerschöpflichen Vorräten bekamen die beiden einen echten Zehn-Liter-Branntweinkanister. Richtig gemischt, hätte der Inhalt für ein ganzes Jahr gereicht. Jetzt zapften sich die Frauen einen Liter ab und gaben den Rest mit herzlichem Dank an den Spender zurück. Antti brachte Seevögel, die er geschossen, gerupft und küchenfertig vorbereitet hatte. Er hackte auch trockenes Kaminholz für viele Wochen im Voraus, trug es ins Haus und füllte die Holzkisten. Und zwei Dutzend Kerzen wurden gegossen, rote und blaue. Suoma meinte, dass es schön wäre, wenn das Baby ein Mädchen würde, also ein Kind der roten Kerzen, aber ein blaues war ihr ebenso recht.

»Hauptsache, es ist gesund«, seufzte sie.

»Das ist es«, versicherte Linnea.

Die Schwiegereltern und der Ehemann kümmerten sich um

die sechsköpfige Kinderschar, während sich Linnea und Suoma vorbereiteten. Die feierliche Geburt verlief ausgezeichnet. Wie erhofft, war das neueste Baby ein Mädchen. Linnea und Suoma feierten ihre Leistung zwei Tage und auch fast zwei Nächte lang. Als das Fest vorbei war, waren beide so müde, dass sie ganze vierundzwanzig Stunden schliefen. Sie hatten glückliche und wehmütige Träume, da die Geburten für sie nun endgültig passé waren.

In diesem Winter fror der nördliche Teil des Bottnischen Meerbusens komplett zu, aber trotzdem wünschte Linnea, dass Antti Kokkoluoto sie aufs Eis hinaus begleitete. Sie erklärte, sie sei schon so alt und müde, sodass sie das schwere Robbenboot nicht mehr allein auf dem Eis vorwärtsschieben konnte. Sie wollte noch einmal das Meer sehen und den Robben Adieu sagen, von denen sie in ihrem Leben so viele getötet hatte.

Antti packte für den Ausflug dicke Pelzdecken und als Proviant kräftige belegte Brote samt einem kleinen Fässchen Branntwein aus den Beständen seines Vaters ein. Dann holte er die Wahrsagerin mit seinem neuen Wolga ab, fuhr mit ihr in den Hafen und half ihr ins Boot. Er wickelte die alte Freundin sorgfältig in warme Decken und weiche Robbenfelle.

Es war um die Mittagszeit, über dem Festland hing Nebel. Weiter draußen auf der zugefrorenen Wiek löste sich der Nebel auf, und die Wintersonne begann zu leuchten wie ein riesiger goldumrandeter Ball. Antti schob das Robbenboot. Es ließ sich gut vorwärtsbewegen, denn die Winterstürme hatten den Schnee vom Eis gefegt. Linnea trank Kaffee aus der Thermosflasche, auch ihr Helfer bekam seinen Teil ab. Den Kaffee würzten sie mit ein paar Schluck

Branntwein. Linnea summte zufrieden vor sich hin. Das winterliche Meer war ihr lieb und vertraut, die Stimmung war still und gut.

Plötzlich ertönte aus der Ferne dumpfes Grollen. Das Geräusch kam aus mehreren Kilometern Entfernung, es näherte sich, verstärkte sich zu einem lauten Donnern, passierte das Boot in geringer Entfernung und verlor sich dann wieder in der Ferne. Im Eis bildete sich ein Riss. Anfangs war es nur ein kleiner Spalt, der sich aber bald auf mehrere Meter verbreiterte, sodass das Boot ins Meer glitt wie ein würdevoller Seevogel. Antti sprang rasch ins Boot und stieß es mit der Stange ins offene Wasser. Die beiden machten sich daran, ihren Proviant zu verzehren.

Nach einer Stunde war die Spalte bereits mehrere Hundert Meter breit. Sie wand sich durch das Eis wie ein ruhiger Fluss. Linnea schloss aus dem Geräusch, dass sie mindestens zwanzig Seemeilen lang war.

Antti ruderte weit aufs offene Meer hinaus. Dort sahen sie zahlreiche Robben, die in den Wellen spielten. Linnea schaute ihnen zu und freute sich. So zutrauliche Tiere waren ihr noch nie begegnet. Ob die Bartgesichter wohl irgendwie ahnten, dass man jetzt nicht auf sie schießen würde? Vielleicht waren sie so ausgelassen, weil sie endlich wieder im offenen Wasser herumtollen konnten. Sie mussten nicht im Dunkeln unter dem Eis leben und durch enge Löcher nach Sauerstoff schnappen.

»Adieu dann«, sagte Linnea sanft zu den Robben.

Ein Wintertag ist kurz. Antti ruderte das Boot so dicht ans Festland heran, wie es irgend ging. Bis zum Auto waren es nur noch ein paar Hundert Meter. Linnea war im Alter so mager und durchscheinend geworden, dass Antti sie problemlos auf dem Rücken an Land tragen konnte. Sein verwundeter Kriegskamerad Aaretti hatte seinerzeit doppelt so viel gewogen. In Linneas Haus angekommen, entzündeten sie ein prächtiges Kaminfeuer und tranken den restlichen Branntwein aus.

Ein paar Tage später ließ Linnea anfragen, ob Antti wohl noch einmal Zeit für ein Gespräch hatte. Sie wollte ihm von einer neuen und letzten guten Vision bezüglich seines Lebens und fernen Todes erzählen.

Linnea lag in der Wärme des Kaminfeuers im Bett. Sie war schon sehr schwach, hielt die Augen geschlossen, aber an den Schritten erkannte sie den Ankömmling.

»Setz dich hier auf den Bettrand«, bat sie mit leiser Stimme.

»Jetzt, da ich sterbe, sollst du zuvor noch erfahren, an welchem Tag du einst selbst sterben wirst.«

Die alte Geburtshelferin, Robbenfängerin und Wahrsagerin erinnerte Antti daran, dass seine Zeit am zwölften Juli des Jahres 1990 abgelaufen sein würde.

»Es wird am Nachmittag sein, die genaue Uhrzeit kann ich nicht sagen.«

Auf ihrem Sterbebett schilderte Linnea ihre Vision, der zufolge Antti als Gastgeber in einer prächtigen Villa in Ykspihlaja präsidiert. Im Garten wimmelt es von vornehmen Gästen. Es ist ein richtiges Festmahl eines reichen Mannes wie in alter Zeit, und auf dem Höhepunkt des Festes, beim Ausbringen eines Toastes, fällt Antti tot zu Boden. Und dann chauffiert man ihn mit dem Studebaker in die Leichenhalle.

Nachdem Linnea Lindeman dies verkündet hatte, seufzte sie leise, ein letztes Mal, zwinkerte Antti zu und starb.

25 Hanna und Urho

In den Fünfzigerjahren hatte Antti Kokkoluoto in Ykspihlaja bereits eine so starke Position, dass er bei den Tarifverhandlungen dem Lager der Arbeitgeber angehörte. Vorbei die Zeiten, da er selbst ein Arbeiter gewesen war. Inzwischen war er ein wohlhabender Mann mittleren Alters. Im Spätwinter 1956 waren bei ihm fünfzig Mann beschäftigt, ein starker Trupp. Seine Stauer gründeten sogar eine eigene Gewerkschaftsabteilung, ihren Arbeitgeber Antti Kokkoluoto beriefen sie als externes Mitglied.

Die Verhandlungen von Gewerkschaften und Arbeitgebern über Löhne und andere Arbeitsbedingungen brachten im Jahre 1956 keine Ergebnisse. Die Inflation hatte zu einem Rückgang der Einkünfte in der Landwirtschaft geführt. Die Bauern initiierten Lieferstreiks, die Städte erhielten weder Milch noch Butter. Die Arbeiter hatten lange mit einem Generalstreik gedroht, und da sich jetzt die Lage zuspitzte, waren sie gezwungen, ihn auszurufen. Der Streik begann Anfang März und hatte eine Rekorddauer von drei turbulenten Wochen. Zur selben Zeit wurde Urho Kekkonen zum Staatspräsidenten gewählt.

In Helsinki veranstalteten die Streikenden hitzige Massenversammlungen, und der Staat setzte berittene Polizisten ein, um die Lage unter Kontrolle zu halten. Die Konstabler wurden von den Pferden heruntergerissen, und es kam zu Faustkämpfen. Schlimmeres passierte jedoch nicht. In Ykspihlaja rekrutierten die Arbeitgeber Streikbrecher für die Verladearbeiten. Auch Anttis Leute traten in den Streik. Das war schwer für ihn. Er zog sich von seinen Leuten zurück, trat sogar aus der Gewerkschaft aus. Die Arbeiter drohten den Streikbrechern mit harter Bestrafung, sollten sie nicht den Hafen verlassen. Als die Tankwagen kamen, um das abgepumpte Heizöl von den Schiffen abzuholen, versperrten ihnen die Arbeiter mit einem Eisenbahnwaggon den Weg. Die Nerven lagen blank, und die Gefühle kochten hoch, auf beiden Seiten.

Die Polizisten, die für die Aufrechterhaltung der Ordnung zuständig waren, versuchten neutral zu bleiben. Ihre Position war schwierig. Das Gesetz musste eingehalten werden, die Bürger – auch die Streikbrecher – hatten das Recht, nach Ykspihlaja und in den Hafen zu kommen. Andererseits kannten die Polizisten die Streikenden, sie waren Nachbarn und ihre Beziehungen normalerweise intakt. So blickten die Beamten zerstreut in eine andere Richtung, wenn Streikende vor den Streikbrechern große, aus Pappe ausgeschnittene Eselsohren schwenkten. Die Streikbrecher wurden als Esel beschimpft, da sie nicht einmal ihren eigenen Vorteil erkannten. Jemand kam sogar auf die Idee, ihnen per Post einen Ballen Heu zu schicken.

Ganz Ykspihlaja war in jenen Wochen auf den Beinen. Hunderte Leute beteiligten sich an der Aktion, und die Stimmung war prächtig. In der Küche des Gewerkschaftshauses werkelten bis zu fünfzig Frauen, um für die Streikenden Suppe zu kochen. Endlich einmal würde man Finnlands Herren zeigen, dass die Arbeiter einen Anspruch auf angemessenen Lohn und geregelte Arbeitszeiten hatten. Man brauchte keine Verfolgungen mehr zu fürchten wie in Zeiten des Bürgerkriegs. Damals hatten die Weißen siebenhundert rote Gefangene nach Kokkola gebracht. Sie stammten aus Mittel-Ostbottnien, aus Mittel- und Nordfinnland, viele sogar aus Turku. Die Schutzkorpsleute hatten fast hundert von ihnen exekutiert, darunter ein gutes Dutzend Söhne der eigenen Stadt. Einen Gerichtsprozess hatte es nicht gegeben. Einfach eine Kugel in den Kopf. Die Leichen wurden in einem weit entfernten Sumpfgebiet begraben. Zu Zeiten der Lapua-Bewegung wagte niemand zu streiken, denn wer das tat, wurde bei Nacht und Nebel an die Ostgrenze gebracht und aus dem Land ins angebliche Paradies der Roten gejagt, ganz so wie man es auch mit Tuomas und Antti versucht hatte.

Jetzt aber war die Rechtslage komplett anders. Die Zukunft der ganzen Nation stand auf dem Spiel. Falls die Arbeitgeber sich nicht der Macht der Arbeiter beugen würden, konnte man den Streik noch über Monate fortsetzen. Dann ginge ganz Finnland kaputt und die Herren würden dasselbe Elend zu spüren bekommen wie die Arbeiter.

Hanna Kokkoluoto hielt in der letzten Streikwoche einen bemerkenswerten Vortrag im Gewerkschaftshaus, in dem sie auf die Geschichte des Streiks in Ykspihlaja einging. Im Jahre 1905 hatten sich die Hafen- und Fabrikarbeiter voller Eifer an einem Generalstreik beteiligt. Damals ging es nicht nur um bessere Bedingungen für die Arbeiter, sondern auch um das Selbstbestimmungsrecht für das ganze Volk. Ende 1917 hatten die Einwohner von Ykspihlaja wiederum einen Generalstreik begonnen, der schließlich zum Bürgerkrieg geführt hatte. In den Dreißigerjahren hatte es im Hafendorf mehrere spontane Demonstrationen und lokale Aufstände gegeben.

»Jetzt müssen wir Ruhe bewahren und versuchen, sowohl auf die örtlichen Arbeitgeber einzuwirken als auch landesweit dafür einzutreten, dass der Streik beendet wird.«

Hanna fand, dass die Arbeiterführer ihre Verantwortung erkennen, Verhandlungen aufnehmen und den Generalstreik beenden sollten.

»Aber nicht um jeden Preis. Ein so langer und schwerer Arbeitskampf darf nicht im Sande verlaufen. Der Kampf muss so lange fortgesetzt werden, bis die Gegenseite erkennt, dass der eigene Vorteil auch Zugeständnisse verlangt.«

Nie zuvor hatte Hanna sich so vernehmlich ins politische Leben eingemischt, aber jetzt, da die Belegschaft ihres Sohnes am Streik teilnahm, betrachtete sie dies als ihre Pflicht.

Bald nach Hannas Vortrag hieß es, dass an der vordersten Front des Generalstreiks in Ykspihlaja Anttis Mutter stand. Eine so erstaunlich schöne Frau, dass beide Parteien, die Herren in Helsinki wie auch die Arbeiterführer, sofort ihren Konflikt beilegen würden, wenn sie dieser Person ansichtig würden. Jemand schlug vor, Geld zu sammeln, um Hanna jeden Tag zum Friseur zu schicken und ihr aus Umeå teure ausländische Puder und Parfüms zu besorgen.

Das alles war zu viel für Hanna. Sie erzählte ihrer Schwiegertochter, dass sie ins schwedische Skellefteå fahren wolle, um sich zu erholen. Suoma machte ihr den Vorschlag, mit ihr gemeinsam im Studebaker nach Kajaani zu fahren. Antti und Tuomas könnten sich um die Kinder kümmern, während sich die Damen in Kainuu erholten.

Von Kokkola nach Kajaani gab es bereits Ende der 1950er-Jahre eine brauchbare Straßenverbindung. Die Straße war schmal, aber da sie durch die Ebenen führte, hatte sie einen geraden Verlauf und war gut zu befahren. Wegen des Generalstreiks herrschte kaum Verkehr. Hanna fand es herrlich, in dem alten Luxuswagen mit durchgedrücktem Gaspedal mitten auf der Straße zu fahren. Suoma hatte Angst, weil sie so schnell fuhren, aber der Tacho zeigte nicht mal hundert.

»Das sind Meilen, wir fahren bestimmt hundertfünfzig.«

In Nivala tranken sie Kaffee und fuhren dann weiter nach Kärsämäki und von dort nach Kajaani. Südlich des Oulujärvi auf dem Gebiet der Gemeinde Vuolijoki war Eisenerz gefunden und eine Grube eröffnet worden. Suoma erzählte, dass Urho Kekkonen, der gerade zum Staatspräsidenten gewählt worden war, in Vuolijoki ein Landgut besessen hatte. Ihr Vater Reino Oinonen hatte sich um die Instandsetzung der Gebäude gekümmert.

»Na so was! Dein Vater ist ein Kumpel von Kekkonen!«

Hanna wollte wissen, warum ein Mann wie Kekkonen, der schon mindestens fünf Regierungen als Premierminister angeführt hatte, unbedingt Bauer in Vuolijoki hatte sein wollen. Welchen Sinn machte das?

Suoma verriet ihr, dass sie bereits seit ihrer Pubertät Kekkonens Leben verfolge und ihren Vater ständig darüber ausgefragt habe. Kekkonen war einer der Führer des Landbundes, der Bauernpartei, wurde von ihr im Wahlkampf unterstützt. Deshalb hatte er sich wohl den Bauernhof in Vuolijoki gekauft, von wo es nicht weit nach Kajaani war.

»Ja, richtig, er stammt ursprünglich aus Kainuu«, erinnerte sich Hanna. Ihr leuchtete ein, dass Kekkonen sich ein bäuerliches Image hatte verpassen wollen, und was war da bes-

ser geeignet, als zumindest in seiner Freizeit einen Bauernhof zu bewirtschaften, und das am ehesten in Kainuu.

Suoma hatte in ihrer Kindheit Kekkonen-Fotos aus der Zeitung ausgeschnitten und die Wände im Außenklo damit
dekoriert, die besten hatte sie in ihr Tagebuch geklebt. Sie
fand, dass er ein gut aussehender Mann war, auch wenn er
eine Glatze hatte. Andere Mädchen sammelten Porträts der
Royals oder irgendwelcher Models, und Suoma besaß ihre
Kekkonen-Kollektion, über die sie allerdings nicht gerne
sprach. Jetzt während des Präsidenten-Wahlkampfes waren ganz schreckliche Dinge über Kekkonen geschrieben
worden. Suoma fischte einige Zeitungsberichte aus ihrer
Handtasche, die sie eingesteckt hatte, um sie ihren Eltern
zu zeigen.

Sylvi Kekkonen hatte sich nicht wohlgefühlt in Vuolijoki.
Sie war eine kleine zarte Frau, die nicht zur Bäuerin und
Viehzüchterin taugte, aber weil Urho es verlangte, musste
sie sich fügen. Sylvi hatte sich durchaus bemüht, Kühe zu
halten, aber es hatte nicht funktioniert. Der Bulle hatte sie
gegen die Wand des Kuhstalls gedrückt, und sie hatte nur
mit knapper Not entkommen können. Die wenige Milch,
die sich im Melkeimer befunden hatte, war auf den Hof
geplatscht. Da waren dann reichlich Tränen geflossen, und
so hatte Urho schließlich eine Stadtwohnung in Helsinki
gekauft.

Kekkonens Gegner hatten bei der Präsidentenwahl eine
überaus schmutzige Kampagne gegen ihn gestartet. Suoma
las ihrer Schwiegermutter einige Auszüge aus einer Zeitung vor, die den passenden Namen »Sensationsnachrichten« trug. In dem Schmierblatt wurde lang und breit eine
Kneipenschlägerei geschildert, die sich Kekkonen im Hotel

Kämp mit einem Freund geliefert hatte. Was zu dem Streit geführt hatte, war nicht näher bekannt. Beide waren betrunken gewesen, und die Fäuste waren geflogen. Die Geschichte gelangte an die Öffentlichkeit, und es kam zum Bruch zwischen den beiden Männern. Diese an sich harmlose Rüpelei ließ sich natürlich gut im Wahlkampf ausschlachten. Das Wahlkampfteam der Nationalen Sammlungspartei hatte genießerisch berichtet, dass Urho Kekkonen ein »bekannter Hotelschläger«, ein »hysterischer Streber« und ein »Hinterwaldpolitiker ohne Sprachkenntnisse« sei. Sogar seine bescheidene und gebildete Ehefrau Sylvi bekam bei der Kampagne ihr Fett weg. Sie wurde zu einer »international bekannten Mitläuferin der Kommunisten« abgestempelt.

Die »Sensationsnachrichten« suhlten sich im Schlamm der Skandale. Suoma las Hanna einige Überschriften vor: »Minister unterhalten eigenes Bordell in Meilahti. Kekkonen eifriger Kunde«, »Verliebter Kekkonen stört die Nachbarn« und »Kekkonen auf Polizeirevier gebracht. Volltrunken im schwedischen Luxushotel«. Beim Begräbnis des dänischen Ministerpräsidenten war Kekkonen angeblich so betrunken gewesen, dass er einfach umgekippt war, und nach dem Empfang beim sowjetischen Präsidenten hatte er den *Sterbenden Schwan* getanzt. Und damit noch nicht genug, er hatte angeblich ein Mädchen an den Ohrringen gezerrt. Zu welchem Zweck, das durften die Leser des Schmierblattes selbst raten.

Suoma fand, dass diese Geschichten einfach schmutzig seien und dass da nichts dahinterstecke. Hanna meinte, dass sich Kekkonen vielleicht tatsächlich im *Kämp* mit seinem Freund geprügelt habe.

»Na gut, das machen ja alle finnischen Männer, wenn sie betrunken sind, wieso sollte Kekkonen da eine Ausnahme sein.«

Hanna erklärte, dass Suomas Schwiegervater Tuomas kein Schläger vom Stile Kekkonens, sondern in jeder Hinsicht friedlich und aufrichtig sei. Nach kurzem Überlegen korrigierte sie sich und bekannte, dass er immerhin Alkohol geschmuggelt und auch im Gefängnis gesessen habe.

»Genau wie Antti, diese Geschichten habe ich schon tausendmal gehört. Aber so sind die Männer nun einmal«, sinnierte die Schwiegertochter.

Sie erreichten Kajaani. Suomas Ratschlag folgend, fuhr Hanna über die Brücke, die auf den Ruinen des alten Schlosses errichtet worden war. Es war ein außerordentlich schöner Ort. Dort könnte man glatt wohnen, fand Hanna, obwohl auch Ykspihlaja einiges für sich habe, auf jeden Fall das Meer und die weite Landschaft.

Suomas Mutter Lilja war völlig aufgelöst. Sie raufte sich das Haar und erzählte, dass der Glatzkopf doch tatsächlich überraschend in Kajaani aufgetaucht sei, sowie er zum Präsidenten gewählt worden war! Angeblich um Ski zu laufen und sich von den Anstrengungen des Wahlkampfes zu erholen. Kekkonen habe auch Baumeister Reino Oinonen in sein Begleitteam berufen. Und Reino hatte sich spornstreichs all den hohen Herren angeschlossen.

Lilja fürchtete, dass Kekkonen womöglich nach der Tour bei ihnen zu Hause aufkreuzte und bewirtet werden wollte, eine heiße Sauna und weiß der Kuckuck was sonst noch verlangen würde. Sie kannte ihn noch gut aus Vuolijoki-Zeiten. Ein unmöglicher Kerl.

»Was ziehe ich bloß an, und was soll ich ihm vorsetzen?«

Suoma versuchte ihre hysterische Mutter zu beruhigen und versprach, gemeinsam mit ihrer Schwiegermutter zu helfen. Sie hätten zwei Tage Zeit, vielleicht auch mehr. Suoma kannte Kekkonens Gepflogenheiten seit ihrer Kindheit. Wenn er eine Skitour antrat, dann kehrte er nicht so schnell wieder zurück, sondern blieb mehrere Tage draußen in der Einöde, wenn nicht sogar eine ganze Woche.

Hanna und Suoma machten sich an die Arbeit. Sie backten Kaffee-Pullas und fertigten eine üppige Torte. Ferner besorgten sie Kainuuer Labkäse und brieten Gersten-Rieskas. Im Alkoholgeschäft kauften sie eine Flasche Kognak. Außerdem machten sie diverse Soßen fertig für den Fall, dass Kekkonen übernachten würde und man ihm mehrere Mahlzeiten vorsetzen müsste. Sie putzten das Haus und richteten im Gästezimmer das Bett für den neuen Präsidenten her. Dann fegten sie Schnee auf dem Hof und trugen Wasser und Holz in die Sauna. Hanna schrubbte die Schwitzbänke mit der Bürste. Anschließend zogen sich die Frauen hübsch an und machten sich das Haar. Nun brauchten sie nur noch auf Kekkonen zu warten.

Am Abend des folgenden Tages erschien er tatsächlich zusammen mit Baumeister Reino Oinonen. Die beiden berichteten stolz, dass sie insgesamt hundertsechzehn Kilometer durch die Einöde Kainuus gelaufen waren. Viele Teilnehmer waren dabei gewesen. Reino pries Kekkonen, der der schnellste Läufer gewesen war, obwohl er die letzten zwanzig Jahre nur im Büro gearbeitet hatte. Allerdings hatten Grenzjäger auf Befehl ihres Oberstleutnants eine Loipe durch den tiefen Schnee gezogen.

Hanna servierte den beiden Skiläufern zunächst einen Kognak. Kekkonen zog seinen Anorak aus und ging in die Gästekammer hinauf, um auf den Kaffee zu warten. Reino ging nach draußen, um die Sauna zu heizen. Hanna hatte sich eine traditionelle blaue Kappe aufgesetzt und sich Liljas Schürze umgebunden. Lilja und Suoma richteten auf einem Tablett Gebäck, Kaffee und Kuchen an. Während Mutter und Tochter anschließend mit den Vorbereitungen fürs Abendessen begannen, trug Hanna das Tablett zum Ehrengast hinauf. Lilja und Suoma hörten im Zimmer zunächst eine ruhige Unterhaltung, einige Lacher und dann ein mächtiges Gepolter, das längere Zeit anhielt.

Hanna kam ins Wohnzimmer gestürzt mit zerzaustem Haar und rotem Gesicht. Die Bänder ihrer Schürze hatten sich irgendwie gelockert. Es dauerte eine Weile, ehe sich Hanna beruhigt hatte, dann erklärte sie, dass das Sahnekännchen aus Versehen zerbrochen sei.

Später am Abend, als die Männer saunierten, stellte Suoma fest, dass das Kännchen heil war.

26 Auf dem von Kuusinen gewiesenen Weg

Hanna Kokkoluoto sprach an Linneas Grab.

»Über Linnea wurden zu ihren Lebzeiten harte Urteile gefällt, und ihre Arbeit wurde getadelt. Sogar die Behörden wurden ihr auf den Hals gehetzt. Aber jetzt, da diese mutige und hilfsbereite Person im Sarge ruht, geben ihr mehr als dreihundert Trauergäste hier auf dem Friedhof das Geleit.«

Hanna prophezeite, dass künftig kein Verstorbener jemals wieder ein so großes Trauergeleit haben würde. Darin irrte sie allerdings. Sie selbst und ihr Mann Tuomas Kokkoluoto sollten einst noch weit mehr Trauernde an ihren Gräbern versammeln.

Suomas und Antti Kokkoluotos Leben verlief in stabilen Bahnen. Antti war äußerst beliebt bei seinen Arbeitern, und obwohl er ja eigentlich Arbeitgeber war, wählte man ihn in die lokalen sozialdemokratischen Organisationen und auch in lokale Gewerkschaftsfunktionen. Auf dem Parteitag Ende der 1960er-Jahre in Turku vertrat er die Sozialdemokraten von Mittel-Ostbottnien. Die Partei wurde damals von dem jovialen Turkuer Rafael Paasio angeführt, der zugleich Premierminister war. Die wichtigste Aufgabe des Parteitages war es, einen neuen Parteisekretär zu wählen. Als Favorit ging der scharfsinnige Politiker Pekka

Korvenheimo ins Rennen, den auch Antti unterstützte. Korvenheimo vertrat die Mitte der Partei, aber hinter vorgehaltener Hand kritisierten ihn einige als rechten Sozialdemokraten. Paasio sorgte für eine Überraschung, indem er den völlig unbekannten Kalevi Sorsa für den Posten vorschlug. Sorsa war in irgendeiner UNESCO-Funktion in Paris tätig und hatte keinerlei Beziehung zur Parteibasis. Dennoch wurde er schließlich gewählt, und Paasios Autorität mochte nicht einmal Antti Kokkoluoto infrage stellen.

Suomas und Anttis Kinder wuchsen heran und begannen, von den weltweiten Problemen zu schwadronieren, so als wären sie speziell und persönlich davon betroffen. Die drittjüngste Tochter Liisa zum Beispiel hatte den Einfall, sich mit einem Schwarzafrikaner zusammenzutun.

In Ykspihlaja hatte man immer mal Schwarze gesehen. Sie schufteten als Heizer auf den Handelsschiffen ferner Länder. Aber so einen Krauskopf in die Familie zu holen..., das war nicht nach Anttis Geschmack. Doch Liisa verlobte sich blindlings mit ihrem Saquirfi, heiratete ihn schließlich, zog nach Mauretanien und kam zwei Jahre später mit einem schwarzen Baby zurück. Die Ehe endete damit. Das Kind war zweifellos niedlich und lernte auch Finnisch.

Teemu, der jüngste der Söhne, erwies sich als noch verrückter. In der Schulzeit hatte er sich politisch betätigt, war in seiner Euphorie bis in die Hauptstadt gefahren, um zu verkünden, dass der Schülerverband die Universität der Zukunft sei. Nach dem Abitur studierte er an der gesellschaftswissenschaftlichen Hochschule in Tampere und geriet hier in die Kreise der linksradikalen Kommunisten. Die Studenten marschierten, rote Fahnen schwenkend, durch Tampere und verkündeten, dafür sorgen zu wollen, dass

das finnische Volk bald sein undemokratisches Gesell-
schaftssystem änderte.

Teemu war ein emsiger Bursche. Er nahm an endlosen politischen Debatten teil, verteilte Flugblätter und Wahlwer-
bung, verkaufte die linksextremistische Zeitung, sammelte
Unterschriften gegen die verschiedensten Bedrohungen,
führte Buch über die Beiträge für den Friedensfonds, besorgte Münzen, die nach Vietnam geschickt wurden für
den Bau eines Kinderkrankenhauses. Er hatte ununterbro-
chen irgendwelche Auftritte und Reisen. Und damit nicht
genug, er unterhielt auch noch einen Studienzirkel, der sich
dem Geist des Marxismus-Leninismus verschrieben hatte.
Teemu war ein aufgeklärter Bürger, der die Meinung vertrat, dass der internationale Kommunismus die Antwort
auf die schlimmsten Probleme der Menschheit sei – ein aufrichtiger junger Mann.

Zu Hause in Ykspihlaja erklärte Teemu, dass er ein Anhän-
ger der marxistisch-leninistischen Dialektik sei und sein
ganzes Leben der gesellschaftlichen Gerechtigkeit widmen
werde. Er hielt seiner Familie Vorträge über die Kultur-
revolution und die Solidarität zwischen den Völkern. Zum
Klassenbewusstsein zu finden, sei die geistige Pflicht eines
jeden Finnen. Die imperialistischen Handlanger müssten
eliminiert werden, damit sie nicht länger den gesunden
Kern des Volkes verdarben. Teemu erklärte, dass er zum
Vortrupp der Arbeiterklasse gehöre, der im Bedarfsfall
auch Gewalt anwenden dürfe, wenn die Ausbeuterkapita-
listen nicht anderweitig zur Vernunft zu bringen seien. Es
gelte das Prinzip »ein Mann, eine Stimme«.

Die Kokkoluotos pflegten im Garten ihrer Villa Kaffee zu
trinken, dazu genossen sie Kaffee-Pullas, manchmal auch

Sandwichtorte und vor allem Kainuuer Gersten-Rieskas, die Suoma gern backte und servierte. Teemu ließ sich die Leckereien schmecken, konnte sich aber die Bemerkung nicht verkneifen, dass zur selben Zeit die Menschen fern in Afrika Hunger litten. Bald würden die Völker des schwarzen Erdteils erwachen und die Kolonialherren für ihre Versklavung zur Kasse bitten. Teemu schämte sich nach eigener Aussage dafür, der Sohn und Enkel von Antti und Tuomas Kokkoluoto zu sein. Die Not der unterdrückten Arbeiter und feste Beziehungen zur Sowjetunion bestimmten sein Handeln, nicht etwa die eigene reaktionäre Familie.

Teemu prophezeite, dass es nur noch ein paar Jahre dauern würde, bis die USA, der führende Ausbeuterstaat der Welt, mitsamt dem Kapitalismus im bodenlosen Mülleimer der Geschichte versinken würde. In der Sowjetunion wurden die gemeinsamen Reichtümer an die Bürger verteilt, und zwar nach ihren Bedürfnissen und nicht nach ihrer Arbeitsfähigkeit. Die Großmacht im Osten würde die USA in der Produktion von Konsumgütern schon in sechs, spätestens in sieben Jahren überholen. In der Schwerindustrie waren die USA bereits zurückgefallen, und auch die massiven Kampfschiffe der Amerikaner konnten dieses Verhältnis nicht mehr korrigieren.

Antti Kokkoluoto knurrte, wie wahr das sei: Die Rote Armee besitze mehr massive Panzerwagen als jeder andere Staat auf der Welt. Er habe seine persönlichen Erfahrungen damit. Gegen die Dinger richte man nichts aus, indem man mit einem Birkenscheit um sich schlage. Man benötige tausend Kriegspferde, um allein die Toten von den Schlachtfeldern abzuholen, und das jede Nacht. Er kannte sich aus mit dem Prinzip »ein Mann und die geballte Ladung«. Mit bloßem Herumschreien komme man im Krieg nicht weit.

Hanna versuchte, ihren Enkel zur Vernunft zu bringen, bekam aber zu hören, dass sie eine revisionistische Mitläuferin der Bourgeois sei, für die es keinen Platz auf dieser Welt gebe. Teemu zufolge hatte seine Großmutter ihren Schülern seinerzeit einen bürgerlichen Patriotismus eingepflanzt, ohne zu begreifen, dass nicht die Sowjetunion und der Kommunismus Finnlands Feinde waren, sondern die Kapitalisten und Ausbeuter im eigenen Land. Die neuen frischen Winde würden das ganze System und auch diese rückschrittliche Familie wegfegen.

Die Familie erfuhr, dass sie mit den alten überlebten Ansichten nicht gegen die geballte Kraft der Jugend bestehen konnte. Und nicht einmal seine Liebe zur Familie würde ihn, Teemu, daran hindern, klassenbewusst zu denken und seine glorreiche Lebensaufgabe zu erfüllen.

Tuomas Kokkoluoto hörte sich all diese Reden verärgert an. Besonders wütend wurde er, als Teemu erklärte, dass in vielen politisch aufgeklärten Studentenzellen schon seit Langem die reaktionären Übeltäter aufgelistet würden, die man, sowie die revolutionäre Situation günstig wäre, wegputzen würde, damit sie nicht dem Volk die neue Zukunft verdarben.

Tuomas geriet in Rage und erkundigte sich, ob auch in Ykspihlaja solche Mordlisten erstellt worden wären. Teemu gab zu, dass sämtliche Kokkoluotos unter den potenziellen Opfern in Mittel-Ostbottnien geführt würden. Er wollte natürlich keineswegs seine Familie umbringen, auch wenn es schwerwiegende Gründe in Hülle und Fülle gab.

Die Stimmung spitzte sich zu und war kurz vor dem Explodieren, als Teemu nicht mal genug Verstand besaß, über die Kriegsgefangenschaft seines Vaters zu schweigen, sondern die Bemerkung fallen ließ, dass diese Erfahrungen den Vater bestimmt zu einem *Noske* gemacht hätten. Der deutsche Fanatiker Gustav Noske (1868–1946) war ein fieser Sozialdemokrat gewesen, dessen verachtenswerte Lebensaufgabe es gewesen war, gesund denkende Kommunisten ideologisch zu bekämpfen. Teemu wusste außerdem auch Bescheid über die Aktivitäten von Vater und Großvater unmittelbar nach dem Krieg. Beide hatten ein umfangreiches Netz von Waffenverstecken unterhalten, das die damalige Staatspolizei zum Glück aufgedeckt hatte.

»Halt endlich den Mund und iss deine Rieskas«, kommandierte Suoma. Hanna sah ihren Enkel an wie einen fremden, feindseligen Gast. Wie war es möglich, dass es in dieser Familie einen solchen Idioten gab? Unfassbar, welche Verrücktheiten den jungen Leuten heutzutage in die Köpfe gesetzt wurden. Die eine heiratete einen Neger, und der andere fing an, Stalin zu lobpreisen. Zum Glück hatten die übrigen Enkelkinder seriöse Berufe erlernt und waren bei klarem Verstand.

Tuomas Kokkoluoto war bereits ein betagter Mann, aber das hinderte ihn nicht daran, vom Kaffeetisch aufzustehen und vor seinen Enkel hinzutreten. Er packte ihn am Schlafittchen, führte ihn ein Stück weg und verpasste ihm einen Faustschlag direkt ins Zwerchfell. Der Bursche ging zu Boden, kam aber behände wieder auf die Beine und schlug seinem Großvater ins Gesicht. Nun fiel der seinerseits auf den Rasen, und die Frauen mussten ihm wieder hochhelfen, sein Gesicht blutete.

»Nichts für ungut, aber wir schreiten weiter auf dem von Otto Wille Kuusinen gewiesenen Weg!«, sagte Teemu.

Teemus anmaßendes Auftreten endete abrupt, als sich sein Vater erhob wie eine gereizte Naturgewalt. Ein kurzer Ringergriff, den Lümmel über die Schulter geworfen und ab hinter die Sauna, von wo das dumpfe Klatschen von Schlägen zu hören war, das lange anhielt.

Als hätte man ihn gerufen, spazierte in diesem Moment der Leiter der Kokkolaer Entbindungsstation Doktor Seppo Sorjonen in den Garten. Er war ein willkommener Gast in der Villa der Kokkoluotos. Über Linnea Lindemans Quacksalberei wurde dann nicht gesprochen. Stattdessen pries Sorjonen Suomas Rieskas, die ihn immer wieder herbeilockten. Und dieses Mal durfte der Doktor auch gleich Teemus Veilchen verarzten.

Tuomas Kokkoluoto und Doktor Sorjonen trugen den geschwätzigen Agitator ins Obergeschoss der Villa hinauf, damit er sich ausruhte. Vater Antti wusch sich in der Sauna die Hände und nahm anschließend einen Schluck von dem unerschöpflichen Branntweinvorrat der Familie, den ihm die Frauen flugs eingegossen hatten. Dann bemerkte er knapp:

»Hat sich mächtig gewehrt. Der wird noch ein Mann, wenn er erst mal zur Vernunft kommt.«

27 Generationswechsel

Tuomas Kokkoluotos Geschäftstätigkeit lief in den 1970er-Jahren normal weiter. Er hatte keine Schulden, seine Läden waren wirtschaftlich stabil. Er selbst war bereits um die achtzig, verfolgte aber immer noch gemeinsam mit seiner Frau Hanna aufmerksam die lokalen Ereignisse und das Weltgeschehen. Hinter dem Ladentisch standen sie allerdings nicht mehr den ganzen Tag. Tuomas und Hanna waren alt geworden.

Tuomas erkrankte Mitte der 1970er-Jahre in einem Spätherbst an der Grippe, die ihn ans Bett fesselte. Dann bekam er eine Lungenentzündung, die ihn dahinraffte.

Hanna war ein paar Jahre jünger als ihr Mann, aber auch sie schon fast achtzig. Und strahlend schön war sie auch nicht mehr. Ihr Gesicht war faltig, der Schmelz der Jugend war dahin, sie war zusammengeschrumpft. Aber auf irgendeine sonderbare Weise war sie eine hübsche alte Frau, die man gern ansah und mit der es sich nett plaudern ließ. Sie wusste noch viele Dinge aus den Anfangszeiten des Jahrhunderts. Keine Spur von Demenz. Die Leute in Kokkola waren überzeugt, dass Hanna mindestens hundert würde. Doch es kam anders. Im Spätwinter 1975 ruderte sie vor Ykspihlaja mit Linneas altem Robbenboot umher und legte bei den Klippen Reusen aus. Und so geschah es, dass die gealterte Schönheit vom Bug ihres Bootes mit einer Reuse im Arm ins Meer fiel und ertrank. Ihr Leichnam wurde zwei Tage später gefunden, als Antti mit einem der Suchboote unterwegs war und seine tote Mutter aus dem Wasser zog.

Für den Laden in Kokkola fand sich kein Nachfolger aus der eigenen Familie, sodass er verkauft wurde. Da der Laden wirtschaftlich gesund war, erbrachte er einen guten Preis. Tuomas und Hanna hatten zwar sechs Kinder, trotzdem bekam jeder der Nachkommen einen üppigen Anteil. Suoma und Antti erhielten viele lieb gewonnene Gegenstände aus dem Nachlass: Möbel, das Robbengewehr, Gemälde, und als größte Kostbarkeit den guten alten Studebaker. Er wurde aus dem Depot geholt und zu Anttis und Suomas Villa geschleppt. Dort stand in der Garage anstelle des früheren Wolga ein neuer großer Volvo, der für den Studebaker Platz machen musste. Antti versuchte das alte Auto zu starten, aber es gab keinen Ton von sich. Nach so vielen Jahren war die Batterie leer. Doch nachdem eine neue Batterie eingesetzt worden war, schnurrte der Motor gleich beim zweiten Versuch los. Hatte man Worte? Der Oldtimer, der jahrzehntelang aufgebockt gewesen war, funktionierte, als wäre er die ganze Zeit in Betrieb gewesen.

Die letzten vier Branntweinkanister aus den Zeiten der Prohibition fanden ihren Platz im Studebaker. Tuomas hatte seine Schätze äußerst sorgfältig gehütet, sodass Antti annahm, dass der Branntwein bis zum Juli 1990 reichen würde.

Er errechnete, dass ihm noch fünfzehn Jahre blieben. Erst jetzt erzählte er Suoma von Linnea Lindemans Prophezeiung. Suoma kannte natürlich Linneas Ruf als Hexe, hatte sich aber nicht vorstellen können, dass ihr ansonsten überaus vernünftiger Mann diesen Schabernack eines listigen alten Weibes ernst nahm.

Antti sagte ihr, dass er Linneas Prophezeiung an der Front Dutzende Male auf die Probe gestellt habe. Seine Kameraden seien gefallen, aber er selbst habe überlebt.

Für seinen Todestag wollte er ein großes Fest organisieren, erzählte er. Ein üppiges Galadinner, eine Abschiedsfete. Vierzig Liter Branntwein als Grundlage für die Bowle hatte er schließlich schon. Man würde einen großen Kessel brauchen.

Für die Reichstagswahlen 1975 war Antti als Kandidat aufgestellt worden. Er selbst glaubte nicht im Entferntesten an einen Erfolg. Suoma hingegen war sicher, dass ihr Mann gewählt würde. Antti war bei den Arbeitern sehr beliebt, sodass es doch ein Wunder wäre, wenn der Wahlsieg ausbliebe. Antti amüsierte diese Annahme. Aber nach Auszählung der Stimmen zeigte sich, dass 3218 Wähler für ihn gestimmt hatten. Das reichte aus. Einerseits war Antti froh über das Ergebnis, aber andererseits ärgerte er sich. Die Arbeit im Reichstag würde viel Zeit verschlingen, sodass Suoma die Geschäfte in der Firma führen müsste, während ihr Mann seine Zeit mit Gesetzesvorlagen verbrachte.

Zu jener Zeit begann Suoma von einem Urlaub im Ausland zu reden. Natürlich hatte sie inzwischen das Meer und die Sommerwochen in den Schären lieben gelernt, obwohl sie aus Kainuu stammte. Es war natürlich herrlich, in einer schönen und geräumigen, verschnörkelten Villa zu wohnen. Aber trotzdem. Sie wurden beide langsam alt, die Kinder waren bereits ausgeflogen. Sie könnten beide unbesorgt ins Ausland reisen, um Urlaub zu machen, so wie es alle anderen auch taten. Selbst arme Leute hatten die Möglichkeit, mit dem Bus nach Leningrad zu fahren oder im Rahmen einer Pauschalreise nach Mallorca zu fliegen. Es war peinlich, wenn im Freundeskreis von herrlichen Strandurlauben am blauen Mittelmeer geschwärmt wurde, die Suoma noch nie gesehen hatte, obwohl sie doch die Gattin eines reichen Firmenchefs war.

Für eine Busreise nach Leningrad konnte sich Antti nicht erwärmen.

»Dort war ich im Sommer 1944, und das reicht. Nach Spanien würde ich aber durchaus fahren.«

Suoma begann mit emsigen Vorbereitungen. Als Reisebegleitung organisierte sie Aktivistinnen des lokalen Frauenvereins »Martta« sowie Kriegsveteranen aus Mittel-Ostbottnien, zu denen ja auch Antti gehörte. Sie stellte es sich angenehm vor, mit vertrauten Personen im fremden Land Urlaub zu machen.

»Im Reichstag kommen sie auch mal eine Woche ohne dich zurecht.«

Suomas Initiative trug reichlich Früchte. Zwei Wochen nach ihrem Anruf bei den Marttas und den Kriegsveteranen hatten sich bereits fünfzig Interessenten gemeldet. Mehr konnten auch gar nicht mit, denn eine größere Gruppe würde nicht in einen Reisebus passen.

Die Marttas veranstalteten im Winter Basare und die Veteranen nagelten im Frühjahr Schindeldächer. Auf diese Weise kam eine ordentliche Summe Geld zusammen, für die eine eigene Reiseleiterin engagiert wurde. Suoma und viele andere Frauen lernten im Winter an der Volkshochschule von Ykspihlaja Spanisch. Antti nahm nicht am

Sprachkurs teil, und auch kaum einer der Kriegsveteranen. Immerhin aber studierte Antti das Lexikon und die Karte der Insel. Auf dem monatlichen Treffen der Veteranen hielt er einen Vortrag über Mallorca und berichtete dabei von Spaniens blutiger Geschichte. Die Spanier und die Einwohner von Ykspihlaja hatten in vielerlei Hinsicht eine ähnliche Vergangenheit: Die Arbeiter in dem fernen Mittelmeerland hatten sich in den Dreißigerjahren erhoben. Die Arbeiter waren an die Macht gelangt, aber die faschistischen Kräfte hatten am Ende die Republikaner bezwungen. Und genauso war es ja auch in Finnland gewesen. Der weiße Terror hatte die Bewohner von Ykspihlaja besonders hart gestraft.

Mallorca hatte gut eine halbe Million Einwohner, die Insel war etwa so groß wie Mittel-Ostbottnien. Die Nationalspeisen hießen *Ensaimada* und *Sobrasada*. Ob es sich dabei um Fleisch- oder Fischgerichte handelte, wusste Antti nicht, aber gut schmecken sollten sie.

Einer der Veteranen wusste zu erzählen, dass die russischen *Machorka* ursprünglich von Mallorca stammten. Daher auch der Name.

Im April stiegen dann endlich alle in den Charterbus und fuhren zum neuen Flughafen in Helsinki-Vantaa. Man war ein wenig aufgeregt, aber darüber half der vorsorglich eingepackte Schnaps hinweg, den die Männer während der nächtlichen Fahrt gepichelt hatten. Zum Glück war die Reiseleiterin Magister Heljä Airaksinen aus Vaasa dabei, die bereits viele Auslandsreisen absolviert hatte, fließend mehrere Sprachen parlierte und überhaupt eine äußerst vorzeigbare junge Frau war.

Das Flugzeug war riesengroß, viermotorig, es fasste Hun-

derte von Passagieren. Die Reisenden aus Mittel-Ostbottnien nahmen als Gruppe im hinteren Teil der Maschine
Platz, wo geraucht werden durfte. Die Sitze waren eng,
der Service dafür aber vorbildlich, die Passagiere bekamen
Speisen und Getränke vorgesetzt. Es war ein schöner Morgen, und die Düsenmaschine donnerte zunächst über das
Meer, über Schweden und Dänemark hinweg und dann
nach Mitteleuropa. Nach ein paar Stunden überflog sie die
Alpen, wobei sie beängstigend wackelte. Doch sie stabilisierte sich wieder und landete auch schon bald in Palma de
Mallorca. Die Kriegsveteranen waren mächtig beschwipst,
der Reichstagsabgeordnete Antti Kokkoluoto mit ihnen,
sodass die Marttas spitze Bemerkungen machten. Schließlich gelangte die Gruppe einigermaßen manierlich ins Hotel, das sich fast direkt im Stadtzentrum befand. Ein sechs-
stöckiges schönes Gebäude. Die Reiseleiterin erinnerte die
Mitglieder der Gruppe daran, auf ihr Geld zu achten. Die
Spanier waren ein höfliches und stolzes Volk. Dennoch gab
es auch unter ihnen leider unehrliche Diebe, die raffiniert
und professionell vorgingen. Außerdem sollten die Veteranen nicht auf irgendwelche zwielichtigen Kerle hören, die
ihnen versprachen, billig Frauen für sie zu besorgen.
Am nächsten Morgen standen alle zeitig auf. Beim Frühstück wurde ihnen das bevorstehende Programm erläutert.
Am ersten Tag würden sie zu Fuß die Stadt besichtigen.
Palma war so klein, dass man keinen Bus brauchte, um es
zu erkunden. An den beiden folgenden Tagen bestünde
die Möglichkeit fürs Faulenzen am Strand. Danach würde
man einige Museen besichtigen und an einer katholischen
Messe teilnehmen. Am Ende der Woche erwarte sie dann
der Höhepunkt der Reise, eine ganztägige Inselrundfahrt.

Magister Airaksinen teilte den Gästen noch die eigene Zimmernummer mit und sagte, dass sie dort täglich vor dem Mittagessen und in Notsituationen zu jeder Tages- und Nachtzeit anzutreffen sei.

Viele Mitglieder der Gruppe waren schon mehrmals im Ausland gewesen und wussten, dass ein Glas Kognak am Morgen die beste Methode zur Vermeidung eines Touristendurchfalls sei. Der töte die Darmbakterien und gebe außerdem Schwung für den Tag.

Bei der Stadtbesichtigung marschierten alle brav durchs Zentrum. Das Wetter war prachtvoll, die Sonne schien, das Essen war gut. Die Fische wurden allerdings in Öl gebraten, was befremdlich für die Finnen war. Die Fleischgerichte schmeckten fast so wie zu Hause. Es gab Fleischklopse, Hackbraten und anderes. Besonders die Weine aber waren leicht und vorzüglich.

Bei der Inselrundfahrt am Ende der Woche war wieder die ganze Gruppe beisammen. Im Bus herrschte fröhliche Stimmung. Die Frauen schimpften nicht mehr über den Alkoholkonsum der Veteranen, sondern genossen selbst gern die herrlichen spanischen Weine. Während sie die schöne Insel umrundeten, bekamen sie Lust zu singen, schmetterten mehrere Male bekannte und weniger bekannte Lieder aus der Heimat, und Antti sang sogar den »Partisanenmarsch«, den er im Gefangenenlager gelernt hatte, auf Russisch ins Mikrofon.

Heljä Airaksinen referierte über die Geschichte der Insel, über Bräuche und einheimische Speisen. Die Straßen waren schmal und kurvenreich und die Verkehrskultur nicht annähernd so wie daheim. Es war ein beängstigendes Gefühl, wenn der Bus am Rande der Schluchten entlangkurvte. Vor den Finnen fuhr ein anderer Touristenbus, dessen Fahrer noch tollkühner war. Und so passierte es denn, dass der Bus von der Straße abkam, als ihm ein Muli-Karren entgegenkam, er sich überschlug und bis auf fünfzehn Meter an eine Schlucht heranrutschte. Er blieb mit qualmendem Motor auf der Seite liegen. Eine brenzlige Situation.

Die finnischen Kriegsveteranen und die Marttas fackelten nicht lange, sondern rannten sofort hin, um den Opfern des Unglücks zu helfen, es handelte sich um deutsche Touristen. Die Finnen zerrten die Türen auf und retteten die blutenden Deutschen aus dem qualmenden Fahrzeug. In den Bussen gab es Erste-Hilfe-Koffer. Die Marttas verbanden die Wunden, die Veteranen sorgten für die künstliche Beatmung und schienten gebrochene Beine mit Sonnenschirmen. Sie waren im Krieg gewesen und wussten genau, was zu tun war. Die Schwerstverletzten trugen sie zum eigenen Bus und legten sie dort auf den Boden. Sie wiesen den Fahrer an, die erste Fuhre zum nächsten Krankenhaus zu bringen. Den restlichen Opfern versuchten sie, es am Straßenrand so bequem wie möglich zu machen. Heljä Airaksinen und Suoma Kokkoluoto, die beide einigermaßen gut Deutsch konnten, beruhigten die Verletzten.

Nach einer halben Stunde kamen drei Krankenwagen angerast. Insgesamt waren sechzehn Deutsche verletzt worden, zwei davon schwer. Der zerbeulte Touristenbus ging mit einem Knall in Flammen auf und bedeckte die ganze Gegend mit schwarzem Rauch. Ohne Hilfe wären viele der Insassen verbrannt oder verblutet.

Nach ein paar Stunden kam ein neuer Bus, in den die Finnen einstiegen. Weil es noch hell war, setzten sie die Inselrundfahrt fort. Sie sangen nicht mehr, sondern schlürften in ernster Stimmung ihren Wein. Befriedigt stellten sie fest, dass sie viele Menschenleben gerettet hatten, und dabei spielte es keine Rolle, dass es Deutsche gewesen waren.

28   Prachtvolles Todesmahl

Das Jahrhundert neigte sich dem Ende zu. Am 10. Juli 1990 wurde Mihail Gorbatschow erneut zum Generalsekretär der KPDSU gewählt. Die Sowjetunion brach zusammen, der Kalte Krieg war zu Ende. Die Zeiger von Antti Kokkoluotos Lebensuhr bewegten sich auf die Stunde des Abschieds zu.

Anttis politische Laufbahn war lang und unauffällig. Der als zuverlässiger Mann geltende Abgeordnete aus Mittel-Ostbottnien wurde 1983 als zweiter Arbeitsminister in die vierte Regierung Kalevi Sorsas berufen. Außenminister war Paavo Väyrynen, Justizminister Christoffer Taxell und die Innenminister waren Matti Ahde, Paavo Luuttinen und Kaisa Raatikainen. Antti schätzte vor allem den Finanzminister Ahti Pekkala und den Verteidigungsminister Veikko Pihlajamäki, die er beide von früher kannte. Auch mit dem ersten Arbeitsminister Urpo Leppänen klappte die Zusammenarbeit. Der zweite Finanzminister Pekka Vennamo erwies sich als anständiger Kerl, der gute Arbeit leistete und außerdem sehr lustig war.

Ein wenig wehmütig dachte Antti an die Ministerinnen der Regierung zurück, neben Kaisa Raatikainen waren das Eeva Kuuskoski und vor allem Pirjo Ala-Kapee.

Die Regierung leistete viel Gutes in den drei Jahren, in denen Antti ein Ministeramt bekleidete. Besonderes Augenmerk legte er in dieser Zeit auf die Beschäftigungspolitik. Er rechnete es sich als sein Verdienst an, dass der Flugplatz Kruunupyy nach seiner Grundsanierung auch für Düsenmaschinen geöffnet werden konnte.

Am Morgen seines Todestages erwachte Antti munter nach einer ruhig durchschlafenen Nacht. Seine liebe alte Ehefrau Suoma hatte bereits ein gutes Frühstück bereitet und brachte es ausnahmsweise ins Schlafzimmer. Immerhin war es der letzte Lebenstag ihres Mannes, sagte sie lachend, küsste ihn leicht auf die Wange und stellte das Tablett auf den Nachtschrank. Da waren zwei frische Brötchen, Lachs, zwei Sorten Aufschnitt, Tee und ein kleiner Schluck Branntwein, nur zwei Zentiliter, und natürlich ein Glas frisch gepresster Saft. Ein einfaches, aber ansprechendes Frühstück. Nachdem er es in aller Ruhe genossen hatte, ging Antti ins Badezimmer und nahm eine heiße Dusche. Er fühlte sich in der Form seines Lebens, hätte am liebsten gesungen. Andererseits fragte er sich besorgt, ob der von Linnea Lindeman prophezeite Tod womöglich gar nicht einträte. Es war erst neun Uhr, vielleicht würden ja im Laufe des Tages seine Kräfte nachlassen, und gegen Abend würde er sterben. Das war zu hoffen, denn Antti war ein Mann mit kühlem Kopf. Er wollte eines der größten Sommerfeste von Ykspihlaja nicht umsonst organisiert haben. Es durchfuhr ihn heiß. Hoffentlich würde alles gut laufen. Nach wie vor vertraute er auf Linneas seinerzeit mehrfach wiederholte Prophezeiung. Und heute war Mittwoch, der 12. Juli. Den Zeitplan hatte er jedenfalls gut eingehalten.

Die Sonne schien, und es herrschte ganz ruhiges Wetter. Das reglose Meer glitzerte. Fern hinter den Schären waren ein paar Schiffsschornsteine zu sehen. Möwen und Seeschwalben kreischten anheimelnd.

Gegen zehn Uhr waren Antti und Suoma fertig angekleidet. Antti trug einen hellen Sommeranzug, seine Füße steckten in schwarzen, polierten Schnürschuhen mit grauen Gamaschen darüber. Am Hals prangte eine rote Fliege, und ein breitkrempiger Strohhut schützte ihn vor der Nachmittagssonne. Suoma hatte sich eine türkisfarbene lange Tunika machen lassen, die bis zu den Oberschenkeln hinauf geschlitzt war. Ein elegantes altes Ehepaar.

Am Vormittag kam Leben in den Garten. Antti hatte einen Veranstaltungsservice aus Kokkola engagiert. Die Marttas von Mittel-Ostbottnien erschienen in ihren Volkstrachten, um die Bedienung beim Essen zu übernehmen. Zwanzig Turnerinnen der lokalen Mannschaft absolvierten hinter dem Haus ein letztes Training. Antti beobachtete nachdenklich durchs Schlafzimmerfenster den rhythmischen Tanz der langbeinigen Mädchen. Dann musste er in den Garten hinuntergehen, um die Festvorbereitungen zu überwachen. Die Mitglieder des Arbeiterorchesters von Ykspihlaja luden ihre Instrumente aus einem Lieferwagen. Seinerzeit in den Dreißigerjahren waren die Bläser des Orchesters verhaftet und ihre Instrumente beschlagnahmt worden. Jetzt herrschte tiefer Frieden im Land, und niemandem würde es in den Sinn kommen, ein Arbeiterorchester politisch zu verfolgen.

Der gute alte Studebaker wurde aus der Garage gezogen und in der Ausfahrt bereitgestellt, mit der Schnauze in Richtung Leichenhalle. Antti hatte den Wagen von Profis aufmöbeln und fahrtüchtig machen lassen. Der Motor und sämtliche Instrumente waren gewartet, die Ledersitze gereinigt, die Karosserie neu gespritzt und poliert, auch neue Reifen waren aufgezogen worden. Die Chromteile glänzten hell in der Sommersonne. Mit dem alten Luxuswagen ließ sich gut die letzte Reise antreten.

Die junge Vertreterin des Veranstaltungsservices, Magister der Handelswissenschaft Helena Kinnunen, präsentierte die Gästeliste. Vorab angemeldet hatten sich tausendzwölf Personen, die Einladung war in der Regionalpresse erschienen, und die Freunde und Bekannten hatten ihre Zeitung gut studiert. Ein so großes Sommerfest hatte es in Ykspihlaja nie zuvor gegeben.

Offizieller Anlass war der fünfzigste Jahrestag seiner Verladefirma, so hatte Antti entschieden. Zwar hatte er schon zehn Jahre zuvor in der Branche zu arbeiten begonnen, aber die runde Zahl des halben Jahrhunderts nahm sich irgendwie besser aus.

Die Marttas hatten die Speisen, die den Gästen serviert werden sollten, rechtzeitig vorbereitet. Zu ihrer Unterstützung waren zwanzig junge Frauen und Männer aus örtlichen Lehranstalten engagiert worden. Die Köche trugen weiße Schürzen, das Servierpersonal Volkstrachten und die Hilfskräfte gelbe Overalls wie die Stauer im Hafen.

Auf der Gästeliste standen etliche lokale Honoratioren. Der Gouverneur des Bezirkes Vaasa, der Stadtdirektor von Kokkola, die Pfarrer der finnischen und der schwedischen Kirchgemeinde, die Vorsitzenden der Arbeitervereine, Vertreter der Rotarys und des Lions Clubs sowie sämtlicher Parteien.

Bald nach dem Mittag begannen die Gäste herbeizuströmen. Die Autos parkten von der Villa bis zum Hafen, auf beiden Seiten der Straße. Auch mehrere Charterbusse trafen ein. Fast hundert Verwandte erschienen, Kinder, Enkelkinder, entferntere Kokkoluotos aus Tampere und Helsinki sowie ein ganzer Bus mit Suomas Verwandtschaft aus Kajaani. Gerührt musterten Suoma und Antti ihre Nachkommen, die inzwischen schon im mittleren Alter waren. Schöne Menschen. Besonders viel Stil bewies Teemu Kokkoluoto, jetzt Vizevorsitzender der Sozialdemokraten von Tampere.

Wirklich erfreut war Antti, als viele alte Bekannte aus Abgeordneten- und Ministerzeiten kamen, angeführt von Kalevi Sorsa. Wieder einmal war fast die ganze damalige Regierung vertreten, außerdem etwa zwanzig langjährige Abgeordnete. So viel politische Erfahrung auf einem Haufen! Wehmut ergriff Antti. Auch diese alten politischen Aktivisten musste er nun für immer verlassen.

Am Tisch der Geistlichen saß der aus Kokkola stammende Erzbischof Mikko Juva und an seiner rechten Seite Pastor John Wickström, der in der Stadt die Schule besucht hatte und der später ebenfalls Erzbischof werden würde. Jacob Tengström übrigens, der nach dem Krieg Erzbischof gewesen war, stammte natürlich ebenfalls aus Kokkola, ein willensstarker und gerechter Kirchenfürst in jenen wirren Zeiten.

Viele nationale Berühmtheiten waren ebenfalls Suomas und Anttis Einladung gefolgt. Kritiker, Journalisten, Wirtschaftsbosse, Schauspieler, Sänger, Musiker, Sportler …, die alle ebenfalls aus Ykspihlaja und Kokkola stammten.

Das Programm folgte in freier Auslegung dem uralten Ablauf von Sommerfesten. Es gab Reden, Frauengymnastik, Rezitation, Blasmusik und natürlich ein opulentes Mahl.

Zehn Bowlentöpfe mit je fünfzehn Liter Fassungsvermögen

waren angeschafft worden. Grundlage der Bowle war der seinerzeit im Inneren von Dreschmaschinen geschmuggelte Branntwein.

Im Garten waren vierzig lange Tische aufgestellt, die im Frühjahr eigens für diesen Zweck in den Berufsschulen von Mittel-Ostbottnien zusammengezimmert worden waren. Fast zweihundert weiße Tischtücher kamen zum Einsatz.

Genau um 13.13 Uhr, als die Gäste Platz genommen hatten, hob Antti Kokkoluoto die schwere Lebel modèle seines Vaters und feuerte drei donnernde Salutschüsse in den wolkenlosen Himmel. Anschließend pries die Blaskapelle mit dem »Pori-Marsch« die Schönheit des Sommers.

Serviert wurde ein ostbottnisches Begräbnismahl nach Art des beginnenden zwanzigsten Jahrhunderts. Als Vorspeisen gab es große Schüsseln mit Hering, Salaten und Soßen, dazu Sülze, gekochte Zunge und die verschiedensten Sorten Bauernkäse. Als Zwischengericht wurde kalter Fisch angeboten und als Hauptgericht hatten die Marttas Rindfleisch in Meerrettichsoße zubereitet. Dazu gab es Kartoffel- und Kohlrübenauflauf, Graupenpudding und Preiselbeersuppe. Und zur Nachspeise Sahnecreme. Kaffee und diverse Torten und Kuchen rundeten das Mahl ab. Natürlich standen auf jedem Tisch auch Körbe mit Begräbnispralinen. Zu trinken gab es Sanddornwein, hausgebrautes Bier und Wasser.

Den ganzen Tag lang genossen die Leute Speisen und Getränke, lauschten den Reden, verfolgten entzückt die Darbietungen der gelenkigen jungen Turnerinnen. All die tausend Gäste waren sich darin einig, dass sie nie zuvor ein so großartiges Sommerfest erlebt hatten, nicht mal auf der berühmten Landwirtschaftsausstellung von Nivala. Aber man war ja auch in Ykspihlaja, wo die Menschen es immer verstanden hatten, bombastisch und eindrucksvoll zu agieren, angefangen von Aufständen bis hin zu Dorfschlägereien und Hochzeiten.

Als es Abend wurde, machte Antti Kokkoluoto sich allmählich wirklich Sorgen. Sein Befinden war großartig, die Stimmung bestens. Ein plötzlicher Anfall geschweige denn der Tod schien nicht in Sicht. Hatte Linnea Lindeman ihn am Ende nur zum Narren gehalten? Jedenfalls hatte das Fest sämtliche Erwartungen übertroffen. Aber der grausamste Ehrengast, der schicksalhafte Sensenmann, war noch immer nicht erschienen.

Antti hatte sich oft ausgemalt, wie er am Tisch zusammenbrechen würde, wie ein riesiger Baum würde er majestätisch auf den gepflegten Rasen sinken und langsam auf die Seite fallen. Im letzten Moment würde er dem Leben noch ein Lächeln schenken und erst dann die Augen schließen. Jetzt blieb dieser letzte Akt unaufgeführt.

Doch Antti ließ sich durch Missgeschicke nicht aus der Ruhe bringen. Er hatte heißes Blut und kalte Nerven. Kurz vor Mitternacht lud er die Robbenflinte und schoss dreizehnmal in den Nachthimmel. Die ganze Umgebung hallte wider. Die Gäste nahmen es als Zeichen, dass das Fest beendet war, und brachen in dankbarer Stimmung auf. Die Verabschiedung dauerte fast zwei Stunden.

Als die Gäste fort waren, trabte Antti in der hellen Sommernacht allein zum Friedhof. Er ging zum Grabhügel seiner einstigen Verlobten Kerttu, dachte über sein Leben und sein Schicksal nach. Lange stand er da, versuchte sich an den zarten Körper des Mädchens, an ihr Wesen und ihren

Blick zu erinnern. Nicht alles konnte er sich wieder ins Gedächtnis rufen, aber das fand er nicht weiter schlimm.

Linnea Lindemans Grab befand sich ganz in der Nähe. Antti betrachtete den Grabstein, den Hanna zum Gedenken an die Hebamme hatte setzen lassen. Er amüsierte sich über die Eigenwilligkeit der alten Frau aus dem Volke. Ob Linnea selbst an ihre merkwürdigen Visionen geglaubt hatte? Vielleicht, oder sie war auf lustige und unschuldige Weise durchtrieben gewesen. Frauen genießen es, Männer an der Nase herumzuführen.

Auf dem Rückweg schaute Antti auch nach seiner eigenen Grabstelle, die er schon zehn Jahre zuvor reserviert hatte. Sie lag im Schatten einer dichten Bruchweide. Ein ruhiger Platz. Noch würde dort keine Gruft ausgehoben werden. Schade. Das Abschiedsfest war teuer geworden, aber so ist es nun mal. Das Leben ist nicht billig.

Antti beschloss, dass dann, wenn seine Zeit schließlich gekommen wäre, man ihn in aller Stille beisetzen sollte. Das Fest war gefeiert.

Und Antti Kokkoluoto lebt noch heute.

Inhalt

1 Der Traum der Hexe 9
2 In Kokkoluotos Kaufmannsladen 17
3 Der Junge wird geboren 23
4 Rotes Begräbnis 31
5 Mit den Frauen unterwegs 41
6 Antti flieht ins Ausland 47
7 Zwangsversteigerungen in der Notstandszeit . . 53
8 Ein Bauernhof und ein Pferd mit Fohlen 59
9 Der private Schießstand 67
10 Der Pferdeaufstand von Nivala 73
11 Die Schwarzhemden bauen Mist 79
12 Anttis und Kerttus Verlobung 87
13 Der Traum vom eigenen Haus 95
14 Zum Wehrdienst und zum Befestigungsbau . . . 103
15 Versöhnung in der karelischen Einöde 111
16 Der Winterkrieg des Korporals 117
17 Suomas und Anttis Hochzeit 125
18 Die Reiter greifen an 131
19 Blutiger Abwehrsieg 139
20 Das harte Schicksal des Kriegsgefangenen 149
21 Schwere Friedenszeit 157
22 Die Kokkoluotos verstecken Waffen 163
23 Antti kommt wieder ins Gefängnis 169

24	Linnea Lindeman stirbt	179
25	Hanna und Urho	185
26	Auf dem von Kuusinen gewiesenen Weg	195
27	Generationswechsel	203
28	Prachtvolles Todesmahl	213

»Seine Frau nahm sich ein Taxi und verschwand. Weg war sie, die Teure, dachte Räväner bei sich. Erst lieb, jetzt teuer ...«

Arto Paasilinna
DER MANN MIT DEN
SCHÖNEN FÜSSEN
Roman
Aus dem Finnischen
von Regine Pirschel
240 Seiten
ISBN 978-3-7857-2503-0

Aulis Räväner ist ein erfolgreicher Unternehmer, er hat volle Auftragsbücher, eine schöne Wohnung in einem teuren Stadtteil Helsinkis und nicht zuletzt – eine attraktive Frau und zwei Kinder. Alles steht zum Besten, bis ihm seine Frau eines Tages eröffnet, dass sie einen anderen Mann kennengelernt hat und die Scheidung will. Fassungs- und ratlos zieht sich Räväner auf eine Insel zurück. Einsam wie er ist, ruft er bei der Telefonseelsorge an, verwählt sich, aber landet stattdessen bei der resoluten Geschäftsfrau Irene Oinonen. Und damit kommt sein Leben erst so richtig in Schwung ...

Der neue Roman vom finnischen Meister des skurrilen Humors.

Bastei Lübbe

Drei (mehrfach) ausgezeichnete Finnland-Krimis in einem Band

Matti Rönkä
FINNISCHE FREUNDE
Drei
Viktor-Kärppä-Krimis in
einem Band
Aus dem Finnischen
von Gabriele
Schrey-Vasara
720 Seiten
ISBN 978-3-404-17011-1

Entfernte Verwandte
Russische Freunde
Zeit des Verrats

Drei großartige Spannungsromane für jeden, der die ausgetretenen Pfade der skandinavischen Kriminalliteratur verlassen und etwas Neues aus dem Norden lesen will: voller Wortwitz, interessanter Charaktere und finnischem Charme.

»Eine der interessantesten Krimireihen, die man derzeit lesen kann.«
STUTTGARTER NACHRICHTEN

Bastei Lübbe